KB009482

열 가지 색깔의 시

等等詩社 詩選集

인북스

펴내는 말

시 쓰는 친구 여럿이 모여
밥도 먹고 술도 마시며
너나들이로 사귄 지 꽤 오래되었다.

사는 길도
시 쓰는 속내도 다르지만
서로 존경하고 사랑하는 마음은 한결같았다.

이 우정을 귀히 여겨
자선시 15편씩을 모아 시집을 엮는다.

한 권의 시집에 묶인 우리는
앞으로 더 착한 시인이 될 것을 다짐한다.

2016년 이른 봄

등등시사 친구들
공광규 김영탁 김추인 동시영 박해림
윤범모 윤 효 이 경 임연태 홍사성

차 례

박해림

공광규

공광규 시인은 1960년 서울에서 태어나 충남 청양에서 성장했다. 1986년 《동서문학》으로 등단하여 『소주병』 『말똥 한 덩이』 『담장을 허물다』 등 여섯 권의 시집을 냈다. 부조리한 현실에 맞서는 시를 써왔으나 최근에는 상처와 아픔을 불교적 사유와 생명의식으로 내면화하면서 '쉽고도 깊이 있는 시'를 써가고 있다.

kkkong60@hanmail.net

소주병

술병은 잔에다
자기를 계속 따라주면서
속을 비워간다

빈병은 아무렇게나 버려져
길거리나
쓰레기장에서 굴러다닌다

바람이 세게 불던 밤 나는
문 밖에서
아버지가 흐느끼는 소리를 들었다

나가 보니
마루 끝에 쪼그려 앉은
빈 소주병이었다

별국

가난한 어머니는 항상 멀덕국을 끓이셨다 학교에서 돌아온 나를 손님처럼 마루에 앉히시고 흰 사기그릇이 앉아 있는 밥상을 조심조심 받들고 부엌에서 나오셨다 국물 속에 떠 있던 별들 어떤 때는 숟가락에 달이 건져 올라와 배가 불렀다 숟가락과 별이 부딪치는 맑은 국그릇 소리가 가슴을 울렸는지 어머니의 눈에서 별빛 사리가 쏟아졌다

수종사 풍경

양수강이 봄물을 산으로 퍼올려
온 산이 파랗게 출렁일 때

강에서 올라온 물고기가
처마 끝에 매달려 참선을 시작했다

햇볕에 날아간 살과 뼈
눈과 비에 얇아진 몸

바람이 와서 마른 몸을 때릴 때
몸이 부서지는 맑은 소리

얼굴 반찬

옛날 밥상머리에는
할아버지 할머니 얼굴이 있었고
어머니 아버지 얼굴과
형과 동생과 누나의 얼굴이 맛있게 놓여 있었습니다
가끔 이웃집 아저씨와 아주머니
먼 친척들이 와서
밥상머리에 간식처럼 앉아 있었습니다
어떤 때는 외지에 나가 사는
고모와 삼촌이 외식처럼 앉아 있기도 했습니다
이런 얼굴들이 풀잎 반찬과 잘 어울렸습니다

그러나 지금 내 새벽 밥상머리에는
고기반찬이 가득한 늦은 저녁 밥상머리에는
아들도 딸도 아내도 없습니다
모두 밥을 사료처럼 퍼 넣고
직장으로 학교로 동창회로 나간 것입니다

밥상머리에 얼굴 반찬이 없으니
인생에 재미라는 영양가가 없습니다

아내

아내를 들어 올리는데
마른 풀단처럼 가볍다

수컷인 내가
여기저기 사냥터로 끌고 다녔고
새끼 두 마리가 몸을 찢고 나와
꿰맨 적이 있다

먹이를 구하다가 지치고 병든
컹컹 우는 암사자를 업고
병원으로 뛰는데

누가 속을 파먹었는지
헌 가죽부대처럼 가볍다

무량사 한 채

오랜만에 아내를 안으려는데
"나 얼마만큼 사랑해!"라고 묻습니다
마른 명태처럼 늙어가는 아내가
신혼 첫날처럼 얘기하는 것이 어처구니없어
나도 어처구니없게 그냥
"무량한 만큼!"이라고 대답을 하였습니다
무량이라니!
그날 이후 뼈와 살로 지은 낡은 무량사 한 채
주방에서 요리하고
화장실서 청소하고
거실에서 티비를 봅니다
내가 술 먹고 늦게 들어온 날은
목탁처럼 큰소리를 치다가도
아이들이 공부 잘하고 들어온 날은
맑은 풍경소리를 냅니다
나름대로 침대 위가 훈훈한 밤에는
대웅전 꽃살문 스치는 바람소리를 냅니다

애장터

입을 꾹 다문 아버지는
죽은 동생을 가마니에 둘둘 말아
앞산 돌밭에 가 당신의 가슴을 아주 눌러놓고 오고

실성한 어머니는 며칠 밤낮을
구욱구욱 울며 마을 논밭을 맨발로 쏘다녔다

비가 오는 날마다
누군가 밖에서 구욱구욱 젖을 구걸하는 소리가 들리면
어머니는 "누구유!" 하며 방문을 열어젖혔는데

그때마다 산비둘기 몇 마리가
뭐라고 뭐라고
젖은 마당에 상형문자를 찍어놓고 돌밭으로 날아갔다

어머니가 그걸 읽고 돌밭으로 가면
도라지꽃이 물방울을 매달고 서럽게 피어 있었다

놀란 강

강물은 몸에
하늘과 구름과 산과 초목을 탁본하는데
모래밭은 몸에
물의 겸손을 지문으로 남기는데
새들은 지문 위에
발자국 낙관을 마구 찍어대는데
사람도 가서 발자국 낙관을
꾹꾹 찍고 돌아오는데
그래서 강은 수천 리 화선지인데
수만 리 비단인데
해와 달과 구름과 새들이
얼굴을 고치며 가는 수억 장 거울인데
갈대들이 하루 종일 시를 쓰는
수십 억 장 원고지인데
그걸 어쩌겠다고?
쇠붙이와 기계소리에 놀라서
파랗게 질린 강

너라는 문장

백양나무 가지에 바람도 까치도 오지 않고
이웃 절집 부연附椽 끝 풍경도 울지 않는 겨울 오후

경지정리가 잘된 수백만 평 평야를
흰 눈이 표백하여 한 장 원고지를 만들었다

저렇게 크고 깨끗한 원고지를 창밖에 두고
세상에서 가장 깊고 아름다울 문장을 생각했다

강가에 나가 갈대 수천 그루를 깎아 펜을 만들어
까만 밤을 강물에 가두어 먹물로 쓰려 했으나

너라는 크고 아름다운 문장을 읽을 만한 사람이
나 말고는 이 세상에 없을 것 같아서

저 벌판의 깨끗한 눈도 한 계절을 넘기지 못할 것 같아서
그만두기로 결심하였다

발목 푹푹 빠지던 백양리에서 강촌 가던 저녁 눈길에
백양나무 가지를 꺾어 쓰고 싶은 너라는 문장을

별 닦는 나무

은행나무를
별 닦는 나무라고 부르면 안 되나
비와 바람과 햇빛을 쥐고
열심히 별을 닦던 나무

가을이 되면 별가루가 묻어 순금빛 나무

나도 별 닦는 나무가 되고 싶은데
당신이라는 별을
열심히 닦다가 당신에게 순금물이 들어
아름답게 지고 싶은데

이런 나를
별 닦는 나무라고 불러주면 안 되나
당신이라는 별에
아름답게 지고 싶은 나를

손가락 염주

밥상을 차리고 빨래를 주무르고
막힌 변기를 뚫고

아이들과 어머니의 똥오줌을 받아내던
관절염 걸린 손가락 마디

이제는 굵을 대로 굵어져
신혼의 금반지도 다이아몬드 반지도 맞지가 않네

아니, 이건 손가락 마디가 아니고 염주알이네
염주 뭉치 손이네

내가 모르는 사이에
아내는 손가락에 염주알을 키우고 있었네

법성암

늙은 어머니를 따라 늙어가는 나도
잘 익은 수박 한 통 들고
법성암 부처님께 절하러 갔다.
납작 납작 절하는 어머니 모습이
부처님보다는 바닥을 더 잘 모시는 보살이다
평생 땅을 모시고 산 습관이었으리라
절을 마치고 구경 삼아 경내를 한 바퀴 도는데
법당 연등과 작은 부처님 앞에 내 이름이 있고
절 마당 석탑 기단에도
내 이름이 깊게 새겨져 있다
오랫동안 어머니가 다니며 시주하던 절인데
어머니 이름은 어디에도 없다
어머니는 평생 나를 아름다운 연등으로
작은 부처님으로
높은 석탑으로 모시고 살았던 것이다

시래기 한 움큼

빌딩 숲에서 일하는 한 회사원이
파출소에서 경찰서로 넘겨졌다
점심 먹고 식당 골목을 빠져 나올 때
담벼락에 걸린 시래기를 한 움큼 빼서 코에 부비다가
식당 주인에게 들킨 것이다
"이봐, 왜 남의 재산에 손을 대!"
반말로 호통 치는 주인에게 회사원은
미안하다며 사과했지만
막무가내 식당 주인과 시비를 벌이고
멱살잡이를 하다가 파출소까지 갔다
화해시켜 보려는 경찰의 노력도
그를 신임하는 동료들이 찾아가 빌어도
식당 주인은 한사코 절도죄를 주장했다
한몫 보려는 식당 주인은
그동안 시래기를 엄청 도둑맞았다며
한 달 치 월급이 넘는 합의금을 요구했다
시래기 한 줌 합의금이 한 달 치 월급이라니!
그는 야박한 인심이 미웠다
더러운 도심의 한가운데서 밥을 구하는 자신에게
화가 났다
"그래, 그리움을 훔쳤다, 개새끼야!"
평생 주먹다짐 한 번 안 해본 산골 출신인 그는

찬 유치장 바닥에 뒹굴다가 선잠에 들어
흙벽에 매달린 시래기를 보았다
늙은 어머니 손처럼 오그라들어 부시럭거리는

담장을 허물다

고향에 돌아와 오래된 담장을 허물었다
기울어진 담을 무너뜨리고 삐걱거리는 대문을 떼어냈다
담장 없는 집이 되었다
눈이 시원해졌다

우선 텃밭 육백 평이 정원으로 들어오고
텃밭 아래 사는 백 살 된 느티나무가 아래둥치째 들어왔다
느티나무가 느티나무 그늘 수십 평과 까치집 세 채를 가지
고 들어왔다
나뭇가지에 매달린 벌레와 새소리가 들어오고
잎사귀들이 사귀는 소리가 어머니 무릎 위 마른 귀지소리를
내며 들어왔다

하루 낮에는 노루가
이틀 저녁은 연이어 멧돼지가 마당을 가로질러 갔다
겨울에는 토끼가 먹이를 구하러 내려와 방콩 같은 똥을 싸
고 갈 것이다
풍년초꽃이 하얗게 덮은 언덕의 과수원과 연못도 들어왔
는데
연못에 담긴 연꽃과 구름과 해와 별들이 내 소유라는 생각
에 뿌듯하였다

미루나무 수십 그루가 줄지어 서 있는 금강으로 흘러가는 냇물과
냇물이 좌우로 거느린 논 수십만 마지기와
들판을 가로지르는 외산면 무량사로 가는 국도와
국도를 기어 다니는 하루 수백 대의 자동차가 들어왔다
사방 푸른빛이 흘러내리는 월산과 청태산까지 나의 소유가
되었다

마루에 올라서면 보령 땅에서 솟아오른 오서산 봉우리가 가물가물 보이는데
나중에 보령의 영주와 막걸리 마시며 소유권을 다투어볼 참이다
오서산을 내놓기 싫으면 딸이라도 내놓으라고 협박할 생각이다
그것도 안 들어주면 하늘에 울타리를 쳐서
보령 쪽으로 흘러가는 구름과 해와 달과 별과 은하수를 멈추게 할 것이다

공시가격 구백만 원짜리 기울어가는 시골 흙집 담장을 허물고 나서
나는 큰 고을 영주가 되었다

사철나무 아래 저녁

사철나무 꽃잎이 마당에 우박으로 쏟아지는
오래된 뜰과 대숲이 깊은 성북동 수연산방이다

마루에 누워 있는 주름 가득한 늙은 다탁을
저녁 햇살이 따뜻하게 어루만지고 있다

솟을대문 앞 수국은 당신 얼굴로 환하고
화단에는 금낭화가 주렁주렁 팔찌를 걸어놓았다

송판 덮개를 씌워놓은 옛 우물처럼
깊이를 알 수 없는 한지등 눈을 가진 당신과

허물어진 성곽 긴 그늘을 지나오면서
당신에게 나를 허문 게 언제였던가를 생각했다

해거름이 어둑어둑 수묵으로 번져가는 산방
초저녁 전등 아래 담채로 물든 환한 당신

섬돌에 앉아 있는 다정한 구두 두 켤레에
사철나무가 점 점 점 꽃잎 자수를 놓고 있다

김영탁

김영탁 시인은 1959년 경북 예천에서 태어나 1998년 《시안》으로 등단하여 시집 『새소리에 몸이 절로 먼 산 보고 인사하네』를 냈다. "아비다, 서울서 헛짓 말고 내려와라." "신지 뭔지 나발인지 그거 하면 돈이 되나 뭐가 되나…… 출판산지 뭔지 요즘 언늠이 돈 주고 책 사보노…… 다 때려치우고 여산골 농사나 지로 안 끼내려오고." 오늘도 아버지의 전화를 받으며 도서출판 황금알과 시문예종합지 《문학청춘》을 벼려가고 있다.

tibet21@hanmail.net

흔적

대웅전 마룻바닥에 누워서 본 하늘은
문이 열린 만큼 들어왔다
하늘을 본다고 하늘 전부를 말할 수는
없었다

나무는 푸른 잎으로
하늘에 단청을 넣고 있다

양떼구름이 단청 속에 들어가
풀을 뜯고 있다

잠깐, 유난한 매미 소리와 뻐꾸기
소리가 거짓말처럼 멈추었다

나뭇가지 끝이 조용했다
뭔가 지나갔다
아마 천사일 것이다

바람이 지나갔다
다시, 숲에 사는 벌레와 새들의,
소리의 향연이
시작된다

〉
다시, 문이 열린 만큼 하늘을 바라보지만
아무 일도 일어나지 않았다
평화로웠다

평화라고
되뇌어 보았던 이런 것들이
복받쳐 헤프게 눈물이
날 뻔했다.

신산유화新山有花

네가 떠난 후에 베란다엔 상사화 피고

아침, 세상의 꽃들이
수없이 많은 축제를 위해서 필 때

네가 벗어두고 간 옷을 빨아
빨랫줄에 널고, 다시 걷어서 하얗게 빨면
눈물이 난다 어두운 방으로 들어가 타다 만 초를
켜서 손에 들고 네 흔적을 찾아
손으로 쓰다듬어 본다

촛농이 손등에 떨어져 하얀 꽃이 되고
촛불이 꺼져 그림자마저 희미하게 스러질 때
빨랫줄에 걸린 옷들은 밤바람에 흔들린다

베란다엔 상사화 피고 잎은 몸을 감추고

등창

　등에 난 창을 수술하러 경만호 성형외과엘 간다 의사는 왜 이리 늦었냐며 심각하다고 야단이다 아니 그게 아니고 아 글쎄 알았어요 지금도 안 늦었어요 잘 오신 겁니다 선생님 저는 그게 오래 묵으면 복이 되고 자꾸 커지면 날개가 돋을 줄 알았어요 아니 최소한 시詩는 될 줄 알았죠 아 글쎄 알았어요 마취합니다 오른쪽으로 돌아누우세요 어떠세요 괜찮죠……! 약간 묵직해요 눈물이 난다 너에게 속아온 세월 그러나 속아 살면서 난 달콤한 꿈도 꾸었지 자 보세요 이게 다 쓸데없는 덩어리죠 새알 같은 등창은 낙담이다 아니 그런데 왜 울어요

황홀했던

길보다 낮은 슬레이트집
노인 하나
세월을 한 술 두 술 떠내고 있었다
채마밭에는 어린 옥수수가 듬성듬성했다
집은 무덤처럼 고요했다
무덤덤한 날들 속에 언젠가 딱 한 번
눈에 확 들어 왔다 옥수수 훌쩍 커서
찌그러진 집을 부스스 흔드는 듯했다
한참을 기다렸다, 바람이
옥수수 대궁을 흔들면
꽃술은 붉게 취해서 가을 운동회 깃발처럼
흔들리고 대궁 끝의 끝에까지 올라온 수액이
힘차게 집을 들어 올렸다 집은,
가뿐하게 둥실 떠올랐다 그건 황홀
한 들림! 들림의 황홀경으로 흠뻑 젖은
낮은 슬레이트집

표절, 성냥 때문에 발화發火되는 질료들

　고산孤山이 풍류를 노래하며 세상을 희롱했던 보길도, 초등
학교 초입 구판장에서 성냥 세 통을 산다 튼실하게 생긴 60년
대풍의 성냥 선박용이라는 표지가 듬직하다 내심 고산의 시詩
힘이 나에게 불처럼 일어나길 희망하며 산 성냥을 켠다 유황
냄새가 코에 스민다 허나 고산과 성냥의 관계는 전혀 비시적非
詩的이고 난센스다 고산과 성냥이 대체 어떤 관계가 있다는 말
인가 나는 지금 성냥을 소재 삼아 시를 쓰고 있다 그러니까 성
냥과 고산으로 하든지 그냥 성냥으로 하든지 성냥 하나만으로
도 시는 벅차다 가볍게 그냥 성냥으로 할까 그러나 이런 시 쓰
기는 장정일이 길안에서 택시 잡으며 써먹었다 나는 다시 바
라본다 해물탕집 식탁 위에 올려놓은 성냥을, 성냥을 감옥 속
의 죄인처럼 동정하며 맛있게 담배를 피우는 이세룡이 지나
간다 성냥개비는 나무다 나무의 공정과정을 생각하면 벌목꾼
마하트라 씨氏가 생각난다는 황지우의 샌드페이퍼가 지나간
다 수많은 명화와 명작들이 성냥의 역사가 지나간다 내 의식
의 묵정밭 지나 식탁을 지나 개수대로 빠져나간다 성냥과 해
물탕, 내 뱃속의 이물질과 갑 속의 유황 식당을 나서며 내 안
의 성냥이 발화하기를 기다린다 몸의 발화를 꿈꾼다 불꽃 같
은 시를 쓰고 싶어 담벽에 지친 몸을 기댄다 담배를 물고 성냥
을 그어 불꽃 일으키며 꺼져 바닥으로 내려앉는 성냥의 삭신
을 훔쳐보고 있다

근세적 상황 또는 관계

　주민등록등본을 떼어보면 세대주인 내 이름과 함께 호주 및 관계란에 아버지가 있다 질기고 질긴 인연 나는 장남이고 아버지는 아직 살아 계셔도 등본상 나란히 같이 있다 그러니까 아버지는 고향에 계셔도 서울에서 허부적거리며 나와 같이 움직이는 것이다 나는 아버지가 보고 싶지 않을 때도 아버지를 만난다 그것은 세속적인 것에 탐닉할 때 불시에 닥치는 불길한 검문이다 그렇구나 아버지는 이 장남과 붙어사시는구나 끔찍한 일이다 물론 행정적인 처리를 하면 난 서울 태생이 될 수도 있지만 왠지 꺼림칙해서 싫다 거창하게 말해서 고향을 잊지 않는 수구초심 같은 것이다 그런즉 아버지는 서울에 한 번 안 오셔도 서울을 잘 안다 특히 나의 〈행동발달상황〉을 잘 안다 어쩌다 고향에 가면 말없이 먼 산을 보시다 두리번거리는 나를 낯설게 바라보시는 아버지

명징했다

굴뚝에서 포르릉거리며 나온 새

굴뚝새

굴뚝새 겨울나무 가지 사이로

날아갔다

고요의 무게 속에 지저귄다

나무도 떨렸다

새는

나무 속으로 잘똑잘똑 들어갔다

겨울나무 하나만 남았다.

아버지
— 여산골족族

아버지는 깊은 죽음에서; 따분해서
메주 한 수레 싣고
세상으로 오셨다

근엄하던 아버지가 웃으면서
무공해 메주를 주러 왔다고,
또록이 말씀하신다
나는 당황했지만

소설『백 년 동안의 고독』처럼
그러니까, 삶과 죽음의 경계가 무너진
일종의 주술일 거야, 그럼, 그럴 수도 있는 게 세상사지
아무튼 세상사에 나와 출세한 나는 명당을 찾느라
이리저리 헤맨다

푸른 물이 흐르는 곳에 다리가 있다
다리를 건너자 명당 마을
그 마을에서도 길 가운데가 봉황이 알을 품은
최고의 명당!
물론 사람들이 수시로 밟고 지나가겠지만

울리는 전화벨 소리에

달콤한 낮잠에서 깬 나는 수화기를 잡는다

"아비다, 서울서 헛짓 말고 내려와라."
"저, 아버지 조금만 기다리시면 조그만 장사라도 할…"
"듣기 싫다, 니가 사람이냐, 뭐냐! 당장 안 끼내려오고."
"너무 걱정 마세요, 아버지 호강시켜 드리겠습니다"
"전화 요금 때문에 끊는다, 찰칵"

전신에 땀이 흥건하다

푸른 잎 하나가

푸른 잎 하나 눈 시릴 때가 있다
푸른 잎은 햇살을 타고 날아가
유리창 하나 푸르게 하길 바란다
멀면서 가까워지는 바람 소리가 유리에게
들어와 스스로 갇힌다 갇혀서 자유로운 소리는
푸르게 살아 움직이며 눈을 뜬다
잎으로부터 뻗어 있는 길들을 믿을 수 없구나
그 길 위엔 바퀴가 굴러가고 바퀴 위에 내가
누워 있지만 바퀴는 바퀴의 의지로만 굴러간다
그러나 전혀 바퀴에서 내릴 기미가 없는 나

푸른 잎 하나가 내 이마를 스쳐 갈 때
푸른 잎 하나 눈이 시릴 때
잎의 시원始原을 그려본다

지나온 모든 길 위에 내가 있었다

백두산 천지

1

중국의 옥수수와 바꾼 일제 찝차는 북한에서 왔다 한족 기
사의 노련한 운전 솜씨와 상관없이 아슬아슬하게 정상으로 가
고 있다 천지가 다가올수록 구름에 걸리면서 만년설이 눈에
밟힌다 정상에는 인공란 때 압록강을 넘어온, 두꺼운 중공군
복장을 한 사람들이 한여름인데도 방한복을 대여하고 있다

2

천지는 쉽게 모습을 드러내지 않는다 자작나무 곧은 등허리
쓸고 올라온 바람이 분다 내 마음 안의 지도로 무늬 졌던 천지
는 무궁한 물결 안에 춤추고 있어 어머니 자궁 속에서 춤추었
듯이 언젠가 한 번 와본 듯한 가슴을 치는 현현玄玄한 현기증
이다

그리하여 큰어머니 천지 안에서 무궁한 세월 견디며 지켜온
내 무늬의 결 속에 살아 있는 수궁도水宮圖, 따뜻한 상징이 춤
추며 더러는 구름을 하늘로 보내면 오래 기다리던 그 하늘이
잠깐, 천지에 들어갈 것이다

생활의 발견
- 구름

구름을 바라보며 세상만상과 그림 맞추기를 한 적이 있네
그럴 때면 구름은 언제나 내가 생각한
처지와 내 몸에 딱 맞아떨어지네
완전히 제 논에 물 대기 식이지만 그렇다고 구름은
뭐라고 맞다 안 맞다 그런 적도 없지만
그림을 맞추다가 구름이 제멋대로
흩어져도 구름을 잡고 뭐라 할 수도 없네

아득한 그때부터 지금도 늙지 않고
흘러가는 구름이여
물렁물렁한 구름이여
내가 그린 욕망과 지상의 사랑이
온전히 그림틀 속에 있지 않고
조금씩 느슨하게 흩어지는 이별이여
다시는 못 볼 이별이여
그대의 부드러운 몸과 옷자락을 부여잡는
내 강퍅剛愎한 완강함에도
여지없이 뿌리치는 헐거움이여

가끔, 천진한 어린 사랑을 떠올리며
솜사탕을 입에 물고 뭉게구름 웃음만큼 웃다가
천근만근 무게로 내 머리 위에 떠 있는

구름이 갑자기 우레와 천둥에 소낙비로
내 몸을 흠뻑 적시네
한낱 헛된 꿈밖에 모르는
내 그림판에 벼락을 쳐도 어이할 수 없네

옛날 빵집

  칠십 년대 고향 장터 빨간 페인트로 함부로 쓴 상식이네
빵집
  애 머리만 한 찐빵이 모락모락 김을 피우고 있었다;
  난, 출근길 마을버스 속에서 겨우 아침을 거른 탓인지
  밥밖에 모르는데, 덜커덩거리는 낡은 마을버스 바퀴가 일으
키는 몸의 연동운동 일환인가, 왜 옛날 찐빵이 생각나는지 알
수 없었다.

  그 찐빵 때문에 빠알간 초여름에, 난
  순진한 크리스마스가 생각나고
  산타클로스 할배가 문득 생각나기도 하네
  전봇대가 없다면
  고압선이 없다면
  밤낮없이 차들이 쌩쌩 달리지 않는다면
  산타클로스 할배가 선물 나르기도 편할 텐데;
  아마 그 어른은 항상 하늘에서 썰매를 타고 내려와
  가정방문을 한다는 내 관념의 그림카드들이
  전봇대와 고압선과 무정한 차들을 걱정할 것이네.

  다시, 빵집 안은 뜨거운 김으로 메워져
  유리창은 뿌연 우유가 흐르고 상식이는 부르튼 손으로 찐빵
을 만지네

난, 자전거 술 배달 가신 아부지를 기다리며

찐빵이 집채만큼 커져 문짝도 기둥도 지붕도 벗어버린 빵으로 된 집을 꿈 꿀 것이네

이윽고 자전거와 술통이 덜컹거리고 서늘한 찬바람에 진한 막걸리 냄새를 작업복에 묻혀 오신 아부지는

뻑뻑한 막걸리에 불어터진 두꺼비 같은 손으로 한지에 싼 찐빵을 머리맡에 툭 던져 놓고 휑하니 나가셨네

찐빵과 막걸리 냄새에 난, 달고 몽롱한 꿈에 취해

김이 모락모락 피어나는 찐빵, 찐빵이 그 할배의 빨간 모자를 쓰고

내 낮잠 위의 조선이불을 밟고 지나가네

그리고 와르르 선물을 쏟아 놓고 지나가네.

파리의 날들

파리는 마지막 탱고가 아니다
파리는 붕붕 날갯짓하는
검은 상념이다

눈에 뜨이면 쫓든지 죽여야 하는 파리
파리채를 휘두른다
머리치기, 목치기, 허리치기, 뒤통수치기
잘 안 된다 살려는 본능은
언제나 내 손보다 한 수 빠르다
한참 손을 놀리다 그냥 멈춘다
내가 관대해서가 아니다

부질없다
나의 살의를 용서하라
바동거리며 밥을 탐하고
시도 때도 없이 붙어먹고
죽어라 싸돌아다니는 것도
언제나 비굴한 네 손짓도 다
나를 닮았다
나는 빈 밥상 위에 눕는다
자, 거절 말고 나를 탐하라

개마고원

내 마음의 지리부도엔 개마고원이 무늬져 있네
어머니의 어머니인 그 어머니가
무섭도록 아름답고
튼튼한 처녀의 몸으로
맨머리에 집채만 한 동이를 이고
찰랑이는 천지의 물 위를 하얀 맨발로 건너와
내 잠결 머리맡에 감자와 귀리와 콩을 우수수 쏟아 붓고
돌아서며 달빛 밟는 소리 아득해라
처음 맨발이 땅에 아프게 박혀 있어도
아파하지 않고
그녀의 맨머리는 울창한 원시림으로 살아 있어
종내, 구릿빛 등고선으로 가로누운
그녀의 몸은
언제나 뭉긋하게 높은 산이었느니

월인천강 月印千江
— 거푸집

아이들이 비눗방울 거푸집을 만드는데
입술을 오므리며 호 하고 불면
금세 허공엔 총천연색 둥근 우주가 탄생한다
무수히 떠 있는 거푸집,
1초 동안 깜박이는 아이들 눈동자엔
거푸집은 태어나 자라고
거푸집은 오래 살다 사라진다

못자리가 한창일 때,
수천의 하얀 밥알로 떠 있는 이팝나무
너무 많아서 무거운 밥을
잘 가시라고 허공의 거푸집에 고봉밥을 잘 먹여준다
비눗방울이 허공에서 잠시 떠 있는 동안
이팝나무에 붙어 있는 수천의 밥알을
고봉으로 아이들에게 먹여준다
배부른 아이들이 더욱더 힘을 내어
입술을 오므리며 비눗방울을 불어낸다

못자리가 한창일 때, 거푸집에서
아이들과 비눗방울과 이팝나무가 잘 어울려서
서로에게 고봉밥을 먹여주며 잘 놀고 있다

김추인

김추인 시인은 1947년 경남 함양에서 태어나 1986년 《현대시학》으로 등단하여 『전갈의 땅』 『프렌치키스의 암호』 『행성의 아이들』 등 일곱 권의 시집을 냈다. 서울 회색 아파트를 고향 상림 숲처럼 푸르게 가꾸면서 세계 곳곳의 사막을 찾아 그 바람의 탐미적 언어를 채록하고자 애쓰고 있다.
cikim39@hanmail.net

여적餘滴

놈이 풀을 뜯으며 나를 본다

곁눈질이다

나는 녀석의 곁에 쭈그리고 앉아

풀 뜯는 소리를 듣는다

풀 씹히는 소리를 듣는다

놈이 나귀냐 얌생이냐 아니면 몽골 초지의 뚱뚱한
풀메뚜기냐

아무도 지금 그걸 물을 이 없다

소리와 시선과 의식이 비끼며 만나며 지금 여기의
존재를 서로가 알 뿐

풀을 뜯는 하나와 그 하나를 바라보는 또 하나의
시선을 건들고 지나가는 저

바람 한 줄금에

〉
시선이 쿨렁 휘어지다 돌아온다.

고장 난 시계

함묵의 문을 밀고 들면
적막한 숲은 따뜻하고
나라는 평안하다
이 나라의 벽에도 긴 벽시계가 있고
시계 속에는 시간이 없다
없다 시계의 불알도 시간의 손가락도
재깍거리는 발자국 소리도

지금 막
〈고장 난 시계〉 작은 목간판을 흔들며
2호선 지하철이 숨 가쁘게 달려 들어간다
시계 속으로 들어간
일곱 량의 전동차도
쓸쓸한 날의 궁핍한 내 하오도
잃어버린 시간 속에서
잠시 구부린 등을 펴고 행복할 것이다
아무도 부화하지 않아도 좋은
빛나는 잠의
꿈꾸는 집에서

나는 그 집을 안다
우리 동네서 가까운 신대방역 부근에 위치한

〈고장 난 시계〉라는 카페
−외지인 출입 금지−
팻말은 없어도
난 한 번도 그 집을 가보지 못했다

모래가 키우는 불

사막에 서면
고향 언덕 같아 주저앉고 싶다
끝도 없는 모랫벌
바람치는 벌판이 내 속만 같아서
그 휑한 가슴 껴안고 싶다

혼자가 아니라도 홀로인 시간
죽을 만큼 쓸쓸해서
눈뜰 씨알조차 없이 마르는 땅 있다
가시풀 음지의 살 틈에
전갈이나 키우는 불모의 땅 있다
사막의 정오
열사뿐인 모래의 불길 속을
막창자 꼬리까지 탱탱한 독을 뻗쳐 들고
전갈들이 질주한다
비로소 사막에 길이 난다

누가 알 것인가
내 열두 늑골 뗏장 밑에 엎드려
향방 없는 일상의 사막 가운데로
때 없이 날 내달리게 하는 독 푸른
전갈 한 마리를

반가사유상

그대는 한 생애 나무였으리라
꽃이었다가 바람이었으리라
물이었다가 강이었다가 생육의 바다
그대 깊푸른 바다는 파도이며 근육이며 산맥이며
사랑, 그 무거운 벽이었으리라
시간의 하수인인 몸이여
우리 궁륭 같던 시간도 날마다 낡고 삭으면서
삐걱이는 벽이 아니던가 벽 속의 꿈은 튼튼해서
달아나라 달아나라
한 장 빨래를 꿈꾸지 않았던가
펄럭이는 자유이며 새이며 문이던
거지 같은 내 사랑 부처님아 또 소쩍새 운다 내가
아픈 모양이다

문 안도 문밖도 없는 사유의 존체여
 나는 지금 네 몸에 주렁주렁 달린 상념의 나뭇잎들을 보고
있다

고요의 음계
– 생명의 환幻

  문득 궁금해지는 고요의 깊이, 어느 만큼 깊어질 때 임계의 음역에 깃드는 것인지
  그 떨림의 경계에서 피었을 꽃을 조우하다

  미농지 빛 엷은 잠 속에서 나비를 좇는 듯 하느작이는 나울거리는 꽃의 날갯짓.
  Bb, 판타지풍의 몽환적 고요가 꽃잎을 들어 올리고 있는 몇 초 사이 젖비린내 헤집으며 오시는 어린 목숨을 보다

  그대 물안개 하늘 오르는 해율海律 본 적 있으시던가
  그 함묵의 깊이로부터 도드라져 나왔을 희디흰 배냇짓 뭉클 사무쳐오는 젖내 아득하던 기억 있으시던가

  일렁 아기의 물푸레나무 잎새만 한 잠 곁
  고요의 옷을 입은 깃 치는 소리는 그냥 희다 우주가 거기 계시다

굶어 죽은 바퀴벌레

나비의 꿈을 꾸던 바퀴벌레였던 게죠

꽃밭에 나가
나풀거리는 꿈속은 홀로도 화사해서
하염없이 날갯짓 달싹였던 게지요

그를 운구하는 개미 행렬이 장엄합니다

죽사리 치는 생에도 놓지 못하는
꿈 눈부십니다

내생來生에 시인으로 오실 이
그를 오래도록 조문하고 섰는 저 여자,
제 전생을 보았던 게지요

모래시계

한 생이 다른 생을 밀고 가는 세상이 있습니다

추락하면서 날아오르면서 거기 착지할 바닥이 있다는 것을
믿으며 밀리어 끝까지 가보다 어느 지점에선가는 뛰어내려야
하는 모래의 시간이 있습니다

거꾸로 뒤집히면서 비로소
다시 뛰어내릴 수 있는 힘이 축적된다는 거
앞서거니 뒤서거니 뒤의 생이 앞의 생을
밀어주기도 받쳐주기도 한다는 거

한 알 한 알 그 지점에 닿기까지 닳아서 낙마하기까지 바닥
에 손 짚고서야 가슴 저리게 오는 시간들이 있습니다

지금보다 눈부신 나중이 있다고 믿는 일
착각의 힘이여 신기루여
그대들 없이 무슨 힘으로 날이면 날마다 물구나무설 수 있
으리

하루 스물네 번씩이나 몇십 몇백 번씩이나 뒤집히면서 깨지
면서 찰나 또 찰나를 제 생의 푸른 무늬 짜 나가는 것은

죽어서도 그리울 개똥밭에서

쳇바퀴 돌며 뒤집히고 넘어지는 우리 모래의 시간에도 기다
릴 것이 있는 때문이겠습니다

한 번 손 잡은 일 없이도

함께 세상 끝까지 가보다 뛰어내리는 모래의 시간이 있습
니다

생가

그때는 한창 좋은 팔월이어서
무덤들에서도 연한 살내가 날 듯했지요

꽃이라거나 마음이라거나
풀잎이나 흔들고 올 풀바람 같은
향기로운 것들이 여기와 행장을 수습할 듯한
몇십 백 리나 굽이굽이 황무지가 내다보이는
브론테의 옛집인데요

그녀가 거기 서서
계단을 오르는 내게 손을 내밀었는데요
내 팔이 아직 다 자라지 못해
그 고운 손을 잡지 못했지요

얼마나 더 오래 생의 물살 굽이져야
계단 끝 그녀의 방에
오를 수 있을지

늘보의 특강

저런, 휘휙 스치는 봄 여름 가을 겨울
내 시간의 회전판은 어지럽고
간단없는 생의 행군은 코뿔소처럼 달리며 꿈꾸었겠다

나무늘보처럼/
세상 모든 느림을 불러 아주 천천히/
늘보처럼 나무에서 졸린 눈뜨고/늘보처럼 나뭇잎이나 질겅
이고/
내가 밥숟갈을 떠 넣으며 그에게 두 번 눈 흘기고도/모기를
철썩 때려잡는 사이/
화면 속 나무늘보는/아직도 이쪽으로 고개가 돌아오는 중이
다/
무심한 저 얼굴 한 송이 좀 봐/꽃송이 같지/
늘보처럼 돌아보다/길도 잃고 시간표도 잊고/
이제사 순금 꽃대를 뽑아 올리는/
내 금화란도 좀 봐봐/

늘보처럼 엉금엉금 사랑하다
가장 늦게 우리 돌아선다면 생강꽃 같을 이별, 참 곱겠다
나무늘보처럼 그렇게

똥 한 덩이의 오딧세이
– 매혹을 소묘하다

하늘이 새의 영역이듯
흙은 박테리아의 집*이라는 것
스스로 길을 내어 식구를 불리고 먹이다툼을 한다는 것 크
기나 모양, 높이나 깊이에 연연치 않고 개체 수를 불려간다는
것, 사십오억 년을 고수해온 박테리아의 전략이라는 것
붉다거나 푸르다거나 진하다거나 좀 연한 포자들의 색과 형
질로 나와 나 아닌 것을 식별한다는 것
뿌리라는 지하생활자, 쉼 없이 머릴 흔들어 흙 속 물길을 찾
아간다는 것

흙에서 온 나, 어느 한때 번성하다 흙으로 돌아갈 것입니다
만 뉘 먹이가 되다가 해체되다가 어느 목숨 길로 들어 생애의
새 판을 짤 것입니다만

벌새든 쇠오리든 해오라기든
개망초든 줄풀이든 홀아비바람꽃이든
저 황금이든 지푸라기든 똥이든
나 아닌 것이 없고 사랑하거나 밥이 되거나 죽사리 치며 포
개고 사는 우리는 흙에서 왔다는 것

하나의 씨알이 꽃피려고
만 번을 미워하고 천 번을 사랑한다는 것

* 2.3.4행 학생지식백과 차용.

탁란托卵
− 행성의 아이들

뻐꾹 꾹 뻐꾹
어미가 제 이름을 부르고 있다
눈도 안 뜬 새끼에게 이름을 가르치고 있다

꾸욱 꾹 뻐꾹
기억하거라 뻐꾹이다
작고 물색 모를 뱁새, 오목눈이가 아니다
그래도 오목눈이의 국어로 보채거라 뻐꾹

털도 안 난 것이
불룩한 눈두덩으로 무얼 짚어보기는 보는 건지
한사코 기를 쓴다
한 알 한 알 어깨밀이로 오목눈이의 알을 업어
둥지 아래로 밀쳐낸다

옳지 옳지 뻐꾹
그것이 세상이니라 뻐꾹

영 너머 나뭇가지에 앉아
애타게 살아남는 법을 가르치고 있다
온 산을 흔들고 있다

삶의 가운데

그런 날이 있다.
사는 일이 다
별것도 아닌데
그렇게 추운 때가 있다.

신발의 흙을 떤다든가
발을 한번 굴러 본다든가
하는 일이 다 헛일만 같아지고

내가 하얀 백지로 사위어
몇 번인지 왔을 언덕을 또 떠나며
몇 번이고 몇 번이고
두고 온 이승처럼 돌아보는 때가 있다.

살아서도 죽은 것만 같은
그런 때가 있다
그렇게 사무치도록
외진 혼자인 때가 있다.

응답하라 2014 어릿광대들의 마당
– 생명의 환幻

누가 저 바다 속에 꽃씨를 심었나

멀리서 길을 끌고 온 이들이 응시하는 소금사막, 출구가 없
다
무위로 흘러가는 소조기와 정조기의 분분초초 노려보고
있다
미농지처럼 얇아져 가는 희망 한 장
이쪽과 저쪽 재의 가슴들이 그 경계에서 닿지 못한다

호명의 소리들이
견고한 불신들이
소금모래를 찌클이며 너덜거리는 동안
꽃비 진다 꽃비 진다
어린것들의 연한 살들이
못된 시대의 거울 앞에서 소금 기둥으로 굳어 가는데

내게는 어쩌자고 오래전 유실된 첫아이가
얼굴도 없는 아이가 아장아장 걸어와
엄마–엄마– 자궁벽을 후벼 판다니
눈도 귀도 없는 돌아이를 지금 와서 낳는
소금모래의 꿈길
또 한 번 둥둥 떠내려가는 내 꽃씨를 본다니

〉
풀모가지를 잡고선 어미들의 아비들의 저 참혹을 어쩐다니

발이 없는 새

닭입니다 닭이 되었습니다
인가의 불빛을 떠나지 못해 닭이 되었습니다
구구— 구구구우— 불러주던 더운 목소리 탓에 새를 포기했
습니다

그저 솔 씨나 풀씨나 까먹고
속을 텅 비워서 터엉 텅 쇳소리가 나도록 뼛속까지 비워서
나는 꿈꾸기
새에 이르는 길도 잊었습니다

한때는 꿈꾼 적도 있지요
한 번 땅을 차고 올라 다시는 이 지상에 되돌아올 일 없는
발이 없는 새*를

물 맞은 깃털은 진저리치듯 털어 내고
시끄럽던 입도 귀도 개나 물려 보내고
두 발 잘린 채 단순하게 누웠습니다
새벽닭의 목청은 전설 속에 묻고 여러분의 살진 통닭이 되
겠습니다

사랑하는 사람 여러분

* 불사조는 발이 없다고 한다. 발이 없어 땅이나 나뭇가지에 내려
  앉지 못하고 하늘에서만 산다고 한다. 사랑조차 공중에서…… 날면
  서…….

선문답禪問答

외다리로 선 두루미 한 마리 명상에 들었다

— 실례지만 무엇을 하시는지요
— 날고 있소
— 날다니요 지금 당신은 그림처럼 서 계신데요
— 무슨 말씀을, 난 지금 창공을 선회 중이오
— 그럼 여긴 하늘입니까. 나도 하늘을 날고 있습니까
— 아무렴요 먼 시간 바깥의 하늘을 날고 있지요
— 그럼 지금은 과거입니까 미래입니까
— 현재일 뿐이오 시간 바깥에 무슨 과거나 미래가 있겠소
— 그럼 당신과 내가 이 철책 안과 밖에 따로 서 있는 것은 무슨 현상입니까
— 꿈일 뿐이오, 날다가 잠깐 조으는 사이 지옥의 한 찰나를 보는 것이오

동시영

동시영 시인은 1952년 충북 괴산에서 태어나 2003년 《다층》으로 등단하여
『낯선 신을 찾아서』『신이 걸어 주는 전화』『십일월의 눈동자』등 네 권의
시집을 냈다. 한국관광대학교 교수답게 지구촌 순례자로서 시는 우주의
힘으로 쓰는 것이라 믿으며 오늘도 존재론적 근원과 궁극을 찾아 떠나고
있다.

10040@ktc.ac.kr

나무와 새

나무가 새의 그네인가 했더니
날아간 새가
나무의 그네였네

몰라

왜 피는지 몰라
꽃은 더욱 아름답고

왜 사랑하는지 몰라
더욱 너를 사랑한다

시는

가끔씩
신들이 지상으로 걸어 주는 전화

암자

산 속에
산 아니면서
산 되고 싶어 사는 사람들의 집

거울의 사상

거울은 망각의 천재

보이지 않으면
바로 잊는

강화 기행

강화 바다에 갔었다
안으로 잠긴 갯벌
열쇠 구멍만 가득했다

집에 온 나도
열쇠 구멍으로 들어와
꽃게처럼 앉아 본다

기미

내가 해변을 거닐 때
태양이 나를 거닐었구나
얼굴 위의 태양 발자국
기미

첫사랑

첫사랑은 황홀한 지우개
내 이름마저도 까맣게 잊고
거기
너를 써 넣게 하던
그때
흔적 없이 녹아내린 나는
오직 네 속에서만 살고 있었지

지구 타기

온종일
코끼리를 타고
낙타를 타고
바다를 탔다

그 저녁
슬그머니
날마다 지구를 타고 노는 게
고마워졌다

산국화 피어 있는 길

길도 너무 예쁘면 길이 아니다
갈 수 없게 한다

산국화 피어 있는 길

길에서도 나는 갈 수 없었다
오래도록 서 있다가
나도 그냥 길이 되었다

시간의 비늘

사라진 어제를 용서하라
생각이도 어제는 잊으려 하지 않는가?

사는 건 예절 바른 숨바꼭질 놀이

시간 속 물고기처럼
시간의 비늘을 달고 산다

설 자리도
앉을 자리도 없다
다만 흐를 자리만 있을 뿐이다

그 옛날,
물이 잃어버린
도착을 찾으려고 강물도 끝없이 흘러가고 있다

흔들리지 않는 법칙

놀이터 한쪽,
이스트 같은
나이를 먹고
자라나는 아이들이
그네를 탄다

한 번 오면
한 번 가고
……………

거듭 오는 것은 없고
거듭 가는 것도 없다

시계추 된 아이를 보며
시간을 만져 본다
그네 속 아이는
오고 가는
법칙을 타고 논다

흔들리는 그네는
흔들리지 않는 법칙을
태워 주고 있다

더 템플 바*

술은
삶의 아픔을 잠재우는
흔들의자

취함은
피안의 신기루
잔 속의 에덴

고뇌는
최상의 안주

템플이라지만
부처와 예수의 집이 아니다
박카스 신이
일천팔백사십 년부터
쉬지 않고 세례하듯
독한 흑맥주를 따르는 곳
맥주를 성수로 받아 마시고
가수가 설교하고
기타가 불경을 왼다
성지를 순례하듯
사람들은 모여들고

기도가 술이며
술이 기도다

거품에 돛 달고
혼돈의 섬에 간다
잔 속의 에덴에
피안의 신기루가 뜬다

* 아일랜드 더블린에 있는 바. J.Joyce의 『율리시스』에 나오는 술집
   장면이 연상되는 곳.

여름과 가을 사이

새벽 시계 소리가 차갑게 말하네요 벌써 귀뚜라미 시계를 쓸 땐가요? 매미시계는 여름에만 쓰지요 머릿속이 새벽처럼 케이오스예요 무슨 생각이 밝아오겠죠 나는 율리씨즈를 썼다 너는 무엇을 했냐구요? 오토바이 소리가 무엇을 배달하네요 내가 잠들지 못하는 건 초코 초코 제라늄이 제일 잘 알아요 비온 뒤 언제나 무지개가 서게 해달라고 기도한다구요? 아이리쉬 브래씽이죠 사람들 사이엔 공간이 있지요 움직이는 공간이 따라다니죠 공간은 최대의 적이예요 어제 사들인 공간을 세어보지요 고통의 지폐를 세는 거지요 서로 지독한 밖의 공간이라는 것이 슬프죠 남자와 여자의 목소리가 들려오네요 막올림 씨그널 같네요 곧 막이 올라갈까 봐요 대단한 극장이지요 보고 듣는 것은 생각의 정거장이죠 생각들이 타고 내리네요 신문에는 한 사나이가 심각하게 찌푸리고 있네요 신문은 고문대, 두통이 오네요 어제 친 공들이 모두 머리를 치네요 생각의 자유와 몸의 부자유 생각의 비공간성과 몸의 공간성이 0/1의 고통의 늪이지요 S/s도 그렇지요 갈등의 공식이지요 베니스의 상인에는 세 개의 여성 이미지가 검출된다구요, 프로이트가 생산한 빵이지요 샨데리아를 두 개만 켰어요 너무 밝으면 생각이 어두워져요 선풍기는 가짜 바람을 보내면서 미안한 듯 갸웃거리네요 표정이 정직한 말이지요 2001년도 주제 세미나가 탁자에 앉아 있네요 서 있는 두 개의 풀이 쌍둥이 빌딩 같아요 테러는 없을 거예요 풀들만 근무하니까요 느느니 살이라고 파우스트에서도 여배우가 말했죠 살은 신종악이예요 그 여자는 프랑스어 영어를 했죠 나는 한국어영어를 하구요 언어도 대단한 습합을 하죠 여자와 남자 목소리가 새벽을 깨네요 아니 써네요 절교는 칼 중의 칼이지요 삶은 풀과 칼의 법치국가구요 새벽에 실어 온 물량이 넘치네요 휴식이 필요해요 사람들은 모두 잠의 바다에서 생선을 건지고 있잖아요 꿈이 생선이죠 꿈은 휘싱이지요 사람들은 낮에도 휘싱을 하죠 술은 본색을 꺼내는 핀셋이죠 핀셋을 마시면 잠이 잘 오죠 본색이 무의식이고 무의식이 꿈이고 꿈이 생선이죠 새벽이 겉껍질을 벗기고 푸른 속껍질을 입고 있네요 연회색 차도르네요 우유가 오네요 더블리너의 우유장수 할머니는 아니겠지요? 그 사람들 술을 밥보다 더 먹을 거예요 술은 마음의 밥이거든요 지금은 피로가 연료예요 피로를 태우면 공해가 심하죠 불면은 잠과의 숨바꼭질이죠 내가 잠을 찾는 게 아니라 잠이 나를 찾아내죠 피로는 최대의 축복이예요 항상 할 수 있는 일이 있게 해달라고 기도하잖아요 기도는 바람이예요 내부에서 불어오는 바람, 내면에서 일어나는 수직의 바람이죠 단단한 이빨이 무엇이든 부술 수 있다고 말하죠 한입 문 바람을 이빨이 씹고 있네요 아니 바람이 이빨에 씹히지요 바람은 날개 돋친 가장 강한 이빨이예요

스핑크스* 눈빛 마주치다

허수아비로 혼자 서 있네
역사를 추수한 빈 들판에
누더기 돌옷 꿰매 입고
무엇을 지키는가 너 스핑크스여
나일 강보다 더 많이
기원의 전과 후를 범람하면서
시간의 강물은 넘쳐흐르고
잡초보다 더 무성한 모래알 사이에서

과거로 가는 이정표
너 영원토록 거기 서 있어도
우리에겐 돌아갈 과거가 없다
우리들의 고향은 떠나온 시간의 그곳

오늘도 그곳이 그립다 스핑크스

* 이집트 기자 지역의 스핑크스.

박해림

박해림 시인은 1954년 부산에서 태어나 1996년 《시와시학》, 1999년 《월간문학》, 2001년 〈서울신문〉과 〈부산일보〉에서 각각 시, 동시, 시조로 등단하여 『실밥을 뜯으며』 『그대, 빈집이었으면 좋겠네』 등 네 권의 시집과 동시집 『간지럼 타는 배』 그리고 『저물 무렵의 詩』 『미간』 등 세 권의 시조집을 냈다. 게다가 문학평론가로서, 문학연구자로서도 의미 있는 작업을 수행해 가고 있다.

haelim21@hanmail.net

절반의 그늘

세상의 절반을 뒷면이라고 부를 때

개미와 고양이의 겨드랑이에 날개가 돋는 것
가시를 삼킨 꽃은 캄캄한 구름을 밀어올리고
소망을 잃은 씨앗은 결빙하는 것

새들이 들락거리던 산수유나무
겨드랑이가 가려울 때 힘껏 날개를 뻗쳐도
손이 닿지 않는 곳이 있는 것이다

날마다 웃자라는 상가에서 지루한 시간의 잔뼈를 골라내고

사거리 횡단보도를 통과하는 산뻐꾸기 먹울음 소리에
발끝이 걸려 넘어지지 않도록 해야 하는 것이다

새벽에 떠났던 사람들이 서둘러 돌아올 즈음
사람들이 뛰거나 서 있던 자리에 벌써 풀이 돋고
뒷면이 자란다

울음을 덜 그친 아이의 눈물은 발효가 진행 중이다

시멘트가 떨어져 나간 언덕바지 골목길

게으른 지팡이를 보초로 세우고
싸구려 소파에 기댄 노인
생의 바닥을 훑던 가난한 나뭇가지를 꺼내
머리 위에서 재잘거리는 새들의 겨드랑이를 천천히 긁는다

햇빛 문고리가 남은 그늘을 달랑달랑 흔든다

눈

산사나무에 눈이 내리네
잎맥 깊은 곳까지 기웃거리며 쌓이네

어떤 것은 하염없이 서 있네
어떤 것은 등뼈가 휘도록 달리네

동물과 식물의 유전인자를 가졌다는 검증되지 않은
대강의 주장에 이의를 제기하지 않네

어두워지는 창밖에서 오래 누군가를 기다리다
뒷모습으로만 하염없이 추락하네

출발 신호를 켜든 기차의 지붕 위에서 눈은 누워서 내리네

누군가가 달려가고
누군가가 달려오는
고전적 엇박자 걸음에 여전히 미끄러지네
철로에 늘어선 나뭇가지에 애걸하네

떠나지 않았으면 볼 수 없었던 그때의 당신 발을 보네

눈은

공중에서 공중으로 내리네
바닥에서 바닥으로 내리네
식물적 근성으로
동물적 근성으로

당신의 잎맥 깊은 눈으로 천천히 옮겨가는 중이네

나는 날마다 진화한다

새가 재잘재잘 아침을 물어온다

그 위를
버스가 지나간다 오토바이가 굴러오고 승용차가 사라진다

어제 달리던 그 길에서 깜빡깜빡 신호등이 파문을 놓는다
허리띠를 졸라맨 사람들은 어제의 상가를 기웃거리고
숄더백을 멘 중년 여인은
어제의 구두 뒤축을 보도블록 틈새에 밀어넣는다
삐거덕거리는 관절은 연이어 휘파람새를 날려보낸다

등 뒤는 늘 아슬아슬하고
빙벽은 햇빛 사다리를 타고 태양에게 제 뼈를 제물로 바쳐
야 하는 것이다

빌딩의 회전문을 통과하려면
신발 뒤축에 묻은 먼지를 탈탈 털어내야 내일로 진입할 수
있다고
친절한 미소를 문 경비가 앞을 막아서야 하는 것이다

식탁에 차려진 붉은 저녁은 각기 다른 각도로 기울어지고
식도를 타고 어제의 방에 도착한 후 안심을 하는 것이다

〉
일정표의 계획은 더더욱 내일의 것이 아니다
어제의 시간을 미리 예약해 두었을 뿐이다

어제의 소인을 눌러 찍은 내일이 빌딩의 회전문을 빠르게
돌린다
마치 정지한 것처럼 보인다

뒤를 돌아보는 당신, 어제의 것이다

봄의 문신

언 땅의 포장이 뜯겨져 나갔다
수많은 상처가 우수수 솟아올랐다

어떤 것들은 입이 없고
어떤 것들은 발이 없다 또 어떤 것들은
손이 없다 엎어진 채
뒤로 나자빠진 채 봉긋 숨겨둔 날개를 펼쳐들었다

입춘대길立春大吉이라지만

이미 온 봄이 어디로 가지는 않을 것이라는 오랜 믿음이
이 마을 어딘가에 문신으로 새겨져 있었던 거다

만삭의 여인처럼 뒤뚱이는 봄이
골목을 지나 학교 담장을 지나 보도블록을 지나더니
횡단보도 신호를 무시하고 냅다 달린다

입이 없고 발이 없고 손도 없이 날개만 펄럭이며

거룩한 작업

때가 잔뜩 낀 야구 모자를 눌러 쓴 노인,
나사를 돌리고 있다
하도 천천히 의자를 뜯어냈으므로
새로운 의자를 조립하고 있다고 생각할 뻔했다
비죽비죽 솟은 머리칼이 귀를 덮고
이따금 땀이 송글송글 돋지 않았다면
가면이 아닌가 생각할 뻔했다
해체되는 것은 의자가 아닐지도 모른다
삐걱대는 관절, 어긋나는 어깻죽지
몸속 어딘가에 숨어버린 나사를 찾기 위해
저렇듯 손놀림이 정교한 건가

수없이 등을 떠받쳤던 기둥들
노곤함이 차례로 바닥에 눕는다
비닐 끈에 몸통과 다리가 묶인다
하도 정성 들였으므로
자연의 일부가 되는 그의 작업
아무도 눈치 채지 못하고 간다

쉿, 쉬잇!

'애절함'을 말하자면

투르크메니스탄의 사막 불구덩이 주변에 뼈만 남은 개 한
마리가 돌아다닌다는 말을 전해 들은 후,
　누군가에 의해 버림받은 개가
　내 주변을 떠돌고 있다

　그 젖은 눈을 차마 똑바로 볼 수 없었다는 말

늙은 개 한 마리,
　노을 지는 지평선을 향해 절뚝거리며 모래바닥에 핏빛 매화
꽃을 눌러 찍는 동안,

　컹컹, 물컹거리는 어둠을 물어뜯는 낡은 이빨들
　입가에 흘러내린 누란의 체액들
　김빠진 맥주거품처럼 늘어진 어깨를 흔들며
　사막 불구덩이를 빙빙 돌고 있는 버림받은 완전한 독거가
　슬픈 내 어스름을 물어뜯고 있다

　지금, 이 개에게 해 줄 수 있는 것이 아무것도 없다니

돌개바람이 돌아갈 차 바퀴자국을 지우고
　담배꽁초를 바닥에 힘껏 내던지는
　중앙아시아의 기름진 중년의 등가죽을 지우고

새벽을 훔쳐가는 불구덩이 사막의 음모를 지울 때

차가버섯을 키운 눈보라의,
시베리아자작나무의 자궁을 기다리는 편이 차라리 더 나을
것이라는 말을 전해 듣는다

복도를 타고 발버둥 치는 아래층 독거의 개가 불기둥을 숨
긴 사막을 물어뜯는 동안,
수없이 버려진 개의 젖은 눈들이 나의 핏빛 독거를 물어뜯
는 동안,

무늬하루살이

베란다 창틀에 하루살이 주검들이
얼룩얼룩 뒤덮였다
지렁이 배 같은
아기 코딱지 같은

주검이 서럽다는 건 생명이 깃들었다는 것을 진작 알았던
때문인데
　그 생명에 무늬가 있었던 것을 알았던 때문인데

　겨우 하루를 사는 것이 아니라
　그 하루가 평생이라는 것
　입이 퇴화되어 아무것도 먹을 수 없다는 것
　어른으로 태어난 단 하나의 이유가 오직 알을 낳는 일이라
는 것

　아파트 분리수거장에서 일에 열중인 노인,
　분명 생명이 깃들어 있음인데
　단 하루만 참으면 날개돋이를 얻을 수 있다는 걸 아는지
　흑갈색의 줄무늬와 아름다운 겹눈으로
　오직 날아오르기 위해 짧은 더듬이를 부지런히 놀리는데
　날개와 배의 거리가 너무 멀다

베란다 창틀에 얼룩들이 무수히 널려 있다
개미 잘록한 허리 같기도 한
도심의 횡단보도에 짓이겨진
껌딱지 같기도 한

그대, 빈집이었으면 좋겠네

모자를 즐겨 쓰지 않는 그대여
가끔 뒤를 돌아보면 좋겠네

바람이 머리칼을 흩뜨려 알아볼 수 없을 때
옷깃에 영혼을 깊숙이 감추었어도 어깨의 들썩임을 보면 그
대인 줄 알겠네

제 살아갈 날들만큼
잘게 찢어진 해안의 모래바람을 발톱에 새겨 넣어 하루를
견디는 푸른바다거북처럼
그대, 조금은 빈집이었으면 좋겠네

모자를 받쳐 든 익숙한 발자국 소리가 현관을 울리고
낮은 저녁 불빛에 뭉개진
울음 먹먹한 어제의 그대여
세상의 등허리 어디쯤에서 돌아오지도 못하고
횡단보도에 스며든 빗금의 시간을 견디는

세상에서 가장 느린 푸른바다거북의 시간과
조금은 외로운 내가 등을 기댈 수 있는
그대,
빈집이었으면 좋겠네

한해살이

탁상 달력을 뜯습니다 꽃들이 울컥울컥 쏟아집니다

한해살이를 끝낸 생명들이 종이 낱장을 붙들고 마지막 제
생을 터뜨리고 있는 것입니다 바닥에 흩어진 결혼식, 도시가
스 검침, 동창회, 정기건강검진, 둘째 생일, 노모의 기제사,
부활절, 클린세탁물 찾는 날, 날, 날들이 빨강, 노랑, 보라꽃
을 그득 피워대고 있었던 겁니다

날짜들을 떠받치고 있는 것이 꽃이었다는 것을 한 해를 다
보내고서야 알았습니다 빈칸마다 모종들이 쑥쑥 자라고 있었
던 것입니다

수명이 끝난 붉고 노란 꽃들을 누르자 꽃물 든 손바닥에서
눈물처럼 재채기처럼 이야기가 탁탁 터집니다 색이 번져서 어
떤 꽃이 봄꽃인지 가을꽃인지 몰라도 좋습니다

한 해가 다 저물도록 꽃이 되지 못한 내가 난쟁이처럼 줄레
줄레 따라갑니다

꿈을 보내며

　방바닥에 엎드려 책을 보고 있는데 어디선가 나비 한 마리
날아들었다
　책과 나 사이를 맴돌다가 그만 펼쳐놓은 책장 속으로 숨어
버리고 말았다

　이마에 금줄을 두른 황금 나비였다
　한 번도 본 적이 없었던 나비를 잡기 위해 책을 흔들었다
　순간 책갈피에서 꽃잎 한 장이 떨어져 내렸다
　어느 해 봄날에 묻어둔 것인지…… 도무지 생각나지 않았다

　꽃잎을 집어 드는데
　책 속에서 봄날마다 피어오르던 숱한 꽃들이 수도 없어 떨
어져 내렸다

　유월의 바람 나뭇가지를 흔들고 몸을 움츠린 꽃들 숨죽이며
바람의 등목을 타고 몸을 훑어내렸다

　책 속의 활자가 꽃잎을 따라가고 있었다
　꽃잎 뒤로 나도 따라가고 있었다

　나는 책의 어느 갈피쯤 한 장의 꽃잎으로 누워 있을까

나는 책의 어느 갈피쯤 나비로 누워 있을까

꿈속에서 꿈을 보내고 만다

마른풀이 뒤척이는 소리가 들렸다

뒤에서였던가 그 뒤의 뒤에서였던가 소리가 ㅊ ㅊ ㅊ 울
었다
목울대를 타고 넘다가 뒤로 넘어지는 소리
뒤로 넘어졌는데 소리는 앞으로 자꾸 달려오고
바람 같은 것이 발자국을 날랐지만
몸은 그 자리에서 한 걸음도 나오지 못했다

비를 맞은 적도 없는데
축축했다
슬픔의 색깔을 알아채고 눈가가 짓물렀던가

마른 영혼이 자꾸 뒤집힌다 소리가 달려오다 뒤집히고
뒤집힌 소리는 목울대를 타고 넘다 다시 뒤집어지고
소리는 자꾸 가벼워진다
바람 같은 것이 쉴 새 없이 마른 몸을 나르느라
처음 그 자리에서 단 한 걸음도 움직인 적이 없었다는 것을
몸은 여태 기억하지 못했다

겨울이 오기 전 떠나야겠다고 자꾸 마음만 고쳐먹은
소리가
뒤에서 밀고

뒤에서 끌고
밤새도록 풀벌레처럼 ㅊ ㅊ ㅊ 울었다
뒤에서 뒷걸음으로만 달아났던

아이 셋 버리고 달아난
그 여자,

달맞이꽃

그녀의 목덜미에 저녁이 달라붙어 있다
둥글게 모서리가 깎여나간 시간
손으로 꾹 누른다
노랗게 번지는 기억들, 공중이 어지럽다
더러는 맥없이 바닥으로 곤두박질한다

그녀의 길은 서랍장 안에 있다
유년의 길을 자꾸만 여닫고 싶어 한다
홀로 우두커니 벽을 밀어내기도 한다
기댈 곳 없는 허공이 흔들린다
겨드랑이에 숨어 있는 어둠
오래 잡고 지탱해야 한다는 듯이

달이 뜬다, 그 빛살을 끌어안고
노랗게 부풀던 그녀
손바닥 어지러운 잔금 사이로
노란 물감이 쉴 새 없이 묻어나온다
하수구로 쓸려나간 검정 땟국물
수도꼭지에서는 밤새
노란 꽃잎이 뚝뚝 떨어져 내린다

목덜미 촘촘히 달빛을 새겨 넣는다

저 숲을 달려온 오랜 밤의 이야기를
허공에다
혼자 주절주절 늘어놓고 있다
그녀,

바닥경전

엎드려야 보이는
온전히 몸을 굽혀야 판독이 가능한 전典이 있다
서 있는 사람의 눈에 읽힌 적 없는
오랜 기록을 갖고 있다
묵언의 수행자도, 맨발의 현자도 온전히 엎드려야만
겨우 몇 글자를 볼 뿐이다
어느 높은 빌딩에서 최첨단 확대경을 들이대고
글자를 헤아리려 들었지만
번번이 실패하였다
일찍이 도구적 인간의 탄생 이후
밤새 달려야만 수평선을 볼 수 있다고 믿게 되면서
바닥은 사람들에게서 점점 멀어졌던 것이다
온전히 걷지 못하는 사람들이
울긋불긋 방언을 새겼던 것이다
빗물이 들이치고 폭풍이 몰아치면서
웅덩이가 패었고 글자들이 합해졌거나 떨어져나가
텍스트가 필요한 것은 사실이었다
하지만 일생을 대부분 엎드려 산 사람은
상형문자가 되어버린 이 경전을
판독해내는 데 오랜 시간이 걸리지 않는다고 한다
다만 손끝으로 감아올리는 경전經典의 구句와 절節에
바닥이 힘껏 이빨을 박고 있어 애를 먹을 뿐이라는 것이다

발

과일을 받쳐 든 소쿠리가 두 다리로 서 있다
다리 세 개 중 하나가 떨어져 나간 것도 모르고
발끝에 힘을 주고 있다
저 직립,
빈 곳도 팽팽할 수 있다니

온몸으로 기어가는
시장 바닥의 저 사내
바닥과 구분되지 않는 직립의 생을 가졌다
허리를 굽혀 겸손히 떼어내는 발이
바닥을 밀어내고 또 끌어올릴 때
비어 있는 다리의 힘으로도
추락하는 내기 버틸 수 있는 것인지

소쿠리 한쪽이 비워지면서
텅 빈 모서리가 공중을 번쩍 들어올린다
생의 한쪽이 좌르르 쏟아지고 있다

둥글다

햇살이 비스듬한 저녁,
전철역 좌판할머니 등이 둥글다
검정비닐봉지를 건네는 손등
관절 꺾인 무르팍도 둥글다
나물 봉지를 받아든 손
덩달아 둥글다

골목길, 이끼 낀 담장, 털 곤두세운 고양이의 발톱, 낡은 목
제의자에 몸을 내맡긴 노인, 맨드라미, 분꽃, 제라늄, 세발자
전거……

오래전부터 둥글다

한 줄기 쏟아지는 소나기
그 빗줄기 속을 뛰어가는 배달꾼의 뒷모습
일제히 쳐다보는 눈길들
모두 둥글다

윤범모

윤범모 시인은 1950년 충남 천안에서 태어나 2008년 《시와시학》으로 등단
하여 『노을 氏, 안녕』 『멀고 먼 해우소』 『토함산 석굴암』 등 네 권의 시
집을 냈다. 미술평론으로 일가를 이루고도 차마 꺼뜨릴 수 없었던 청춘의
시혼에 불을 댕겨 활달하면서도 뜨거운 언어의 "밥상 물리는 재미"에 푹
빠져 지내고 있다.

younbummo@hanmail.net

자서전

어떤 사진작가가
카메라 조리개를 크게 열어놓고
연극 한 편을 찍었다

시간의 축적을 인화했다
찧고 까불었던 등장인물
모두들 어디로 갔는가

오랜 시간 노출로 열심히 찍은 오만 가지 이야기
지지고 볶고 설쳐댔지만
결국 남은 것은 백지
하얗게 지워진 무대

어떤 자서전

땅과 친해졌다

길을 따라가다 넘어졌다
여태껏 땅바닥이라고
짓밟기만 했던 그 바닥에
온몸을 눕혔다

참, 잘 넘어졌다
땅은 더 이상 바닥이 아니었다
넘어지고 보니
지구의 우듬지였다

넘어지지 않은 사람은 모를 것이다
땅을 딛고 일어서는 사람은
땅에서 넘어진 사람이라는 것을

오늘 나는 땅 꼭대기에서 넘어졌다
지나가는 바람은 모른 체했지만
하늘에게는 조금 미안했다

땅과 친해졌다

대나무

대나무는 나이를 자랑하지 않는다
그래서 나이테가 없다
아니, 나이가 들수록 속을 크게 비워낸다
허리를 굽히기는커녕 꼿꼿하게 서서
사시사철 푸르기만 한
그는 별종別種이다

나는 욕망의 서울 거리에서 헤매고 있는데
친구는 대나무 숲에 가자고 강요한다

대나무
우리 사회와 어울리지 않는 놈
지독한 놈

친구여
대나무를 멸종시켜다오

멀고 먼 해우소解憂所
- 해인사 백련암에서

가야산 깊은 밤
덩치 큰 짐승의 할 소리에 잠을 깨다
방문을 여니 찬 바람 떼로 몰려오고
맞은편 능선 위의 별 수좌 초롱초롱하다
담장 곁의 깡마른 대나무 선승들
머리 조아리며 증도가證道歌를 암송한다

아, 깨어 있구나
모두들 철야 용맹정진하고 있구나

멍청한 잠꾸러기 하나
겨우 오줌보나 채우고 있었는데
한 소식 얻은 만물들
기쁨에 겨워 춤추고 있구나

캄캄한 밤
염치불구하고 박차는 문
멀고 먼 해우소 가는 길에
드디어 터지는 오도송悟道頌

아, 오줌 마렵다!

고양이 찾기

제 직업은 집 나간 고양이를 찾는 것
한마디로 고양이 탐정이지요
세상에 그런 직업도 다 있느냐고 묻겠지만

자, 가출한 고양이를 찾아볼까요
여기서 무엇보다 중요한 것은 적막한 시간
거기다 깜깜한 밤이면 더 좋겠네요
그렇다고 멀리 갈 것도 없어요
우선 집 안의 후미진 곳부터 살펴보세요
움직이는 것들의 습성은 다 비슷하니
야옹아, 야옹아
간절하게 불러보세요
화두를 든 것처럼

소식이 없으면 옆집으로 가세요
거기도 아니면 그다음 집으로
아마 동네 어디엔가 숨어 있을 거예요
고양이는 결코 멀리 있지 않아요
다만 주의할 것 하나가 있는데
손전등을 사용하면 안 돼요
억지로 빛을 만든다고 해결될 일은 아니거든요

고양이는 정말 가까운 데 있어요
깜깜한 곳에 숨어 있을 따름
마음의 등불을 높게 걸면 찾을 수 있을 거예요
잠깐, 지금 뭐라고 질문했어요
당신의 정체가 뭐냐고, 그게 무슨 말씀이세요

고양이 탐정인가
아니면
선방 수좌首座인가?

소금단지

가야산 해인사를 제대로 보기 위해
맞은편 남산 제일봉에 오르다
한눈에 들어오는 천왕봉
그 품 안의 신라 고찰이 정갈하다

천 년 동안 장경각 모시고 있는 대가람
화마가 제일 무섭다
이를 퇴치하고자
남산 제일봉 정상에 매년 소금단지를 묻는다

남산 꼭대기 위로 모셔 온 소금단지
아, 바다
그 망망대해
오늘도 아무 말 없이 해인을 지켜주고 있다

애인아
그대는 모를 것이다
그대를 지켜주기 위해 내 가슴속 깊이 묻어 놓은
소금단지를

나는 도둑놈이다

평생 도둑질을 즐기면서 살았다
말하기 좋아 역마살 인생이지
좋은 풍경 찾아다니며 세월을 탕진했다

멋진 풍경 하나 만들어 남에게 보이지도 못하고
낡아 버린 탐미의 얼룩들
이마에 쭈글쭈글 밭고랑으로 남았다

진정 고백하건대
평생 남의 풍경만 훔치면서 살아왔다

나는 도둑놈이다
풍경 도둑놈

불구
– 단동丹東 압록강 단교斷橋에서

철교 위를 멀쩡하게 걸었지만
강을 건너기도 전에 발걸음을 멈춰야 했다
폭격으로 끊겨진 다리
더 이상 진전이 없는 다리

전쟁은 압록강을 불구로 만들었다
반세기가 훌쩍 넘어도 아직 불치의 병인가
이국에 와서 나는 절뚝거리는 불구가 되었다

내 다리 내놓아라
빗자루 귀신아
달걀귀신아

밥상 물리는 재미

대학원생들이 실기실 앞 잔디밭으로 초청을 했다

어둠과 함께 장작불은 타오르고 삼겹살 익는 내음 캠퍼스를
흔든다

스승의 날이라고 졸업생들도 여럿 보인다

내가 얼른 알아보지 못한 여학생 하나, 짙은 화장 앞세우고
인사를 한다.

이제 시집가도 될 만큼 숙녀가 되었구나!

그렇지 않아도 얼마 전 결혼했어요

그래! 축하한다 신혼 재미가 어떻더냐?

저어, 한마디로 신랑하고 밥 먹다가 눈빛만 마주쳐도 밥상
물리는 재미, 바로 그거예요

뭐, 밥상 물리는 재미?

얼굴빛조차 바꾸지 않고 말하는 새색시

그 옆의 장작불만 대신 붉게 타오른다

나는 삼겹살 들었던 젓가락 내려놓고 죄 없는 불씨만 들쑤
신다.

목마른 장작들 시뻘겋게 타오르는 봄밤이다.

찢겨진 정사情死

1
너는 노래를 했지
'태어나서 죄송합니다'라고
사는 것이 그렇게 부끄러웠나
그리 자주 강물 속으로 뛰어드는 연습하더니
드디어 성공을 했구나
한 여자와 기일忌日을 공유하다니!
(이웃 나라의 소설가를 소개하다가
잠깐 숨을 고르려고 눈길 돌리니
어느새 사양斜陽이 하늘 가득히 매달려 있네
나의 구겨진 청춘일기처럼)

사랑하는 남녀가 사랑을 이루지 못하고 함께 목숨 끊는 것
그걸 무어라고 말하는가
(강의실을 가득 메운 젊은 눈망울들
아무도 대답하지 못/안하네
세상에 그런 말이 어디 있어요
오히려 눈빛으로 항변을 하네)

너희들 정말 그런 말, 몰라?
정사情死,
정사라는 말, 몰라?

2

아이, 선생님
정사情事라는 말을 어떻게 입에 담아요, 부끄럽게
이래 봬도 요조숙녀인데요
사랑이 이루어지지 않는다고 왜 같이 죽어야 하나요
세상에 그런 바보들이 어디 있어요
너는 죽어도, 나는 살아야지요

이해득실 넘치는 세상은 남녀관계도 계산속인가
혼숫감 적다고 파탄 나는 신혼살림
양가兩家의 저울질만 은밀히 바쁘다

정사情事는 넘쳐도
정사情死는 이제 죽어버린 낱말
나는 국어사전에서 '정사情死'를 찢어낸다

에이, 선생님두, 뭘 그런 것 갖고 흥분하세요
제가 같이 투신投身해 드릴까요
제 구명재킷은 튼튼하거든요
그런데 쭉쭉빵빵 몸값
얼마나 주실 건데요

장미, 이제 너는

국내 연구진이 개발에 성공했단다
딥 퍼플
테두리 색깔이 더 짙은 분홍색 꽃잎
새로운 품종의 장미
그것도 가시가 없는 장미
뭐!
가시 없는 장미?
장미, 이제 너는 망했다

애야, 아들아
자고로 예쁜 꽃은 함부로 꺾는 것이 아니란다
장미 아름답다고 마구 꺾다가는 피를 보지
요염한 것 뒤에는 으레 가시를 숨기고 있단다

외박하고 돌아온 젊은 아들에게
회초리 삼아 장미 한 송이 건네줄 아비
더 이상 볼 수 없게 되었도다

장미, 이제 너는 망했다

물잔에 담기는 달빛

우물을 판다
한 삽만큼 비워지는 땅
그만큼 채워지는 바람
(하기야 우리네 삶, 바람이 왔다 가는 일이지)

우물 한 두레박 퍼올린다
보름달도 덩달아 끌려온다

친구들 잔에 물을 따른다
잔 가득히 나누어주어도
달빛은 줄어들지도
상처를 남기지도 않는다

그대 잔 속에 담긴 달빛 우물
초승달인가
(아무것도 보이지 않는다고?)
보름달인가
(아니, 우물 팔 땅만 필요하다고?)

저 홍어 수컷이 부럽다

1
어부, 홍어를 건져 올린다
암컷이다
음, 암컷은 좋지, 좋아
부드러워서 좋고말고
씹히는 맛도 천하일품이고

당신, 왜 침부터 흘리고 그래?

어부, 홍어를 건져 올린다
수컷이다
음, 수컷은 재미없지
어부, 사타구니의 돌출부를 도려낸다
몇 푼 더 벌기 위해

2
당신, 홍어 맛을 아는가
코, 애, 날개, 속살
부위별 순서의 그 맛을
그러니 미식가에게 어떻게 거시기를 내밀겠는가
사내들은 그저 암컷이라면 사족을 쓰지 못하는데

수컷 노릇 제대로 하기도 어려운 세상
괜히 달고 나와 번거롭기만 한 물건
애욕의 근원으로 너절한 시간이나 만들려 하는

차라리 거세된 신세가 속 편하다고?
어부여, 내 좆을 잘라다오
저 홍어 수컷이 부럽다

어부, 또다시 돌출부를 도려낸다
아, 만만한 게 홍어좆

오낙엽 씨

지난여름은 위대했다고
도처에서 칭송이 자자하더라도

찬바람 불면
서푼어치의 미련도 남기지 않고
단호하게 떠날 채비를 하는 그대

매년 때가 되면
옷 벗는 연습하라고 교육시키는
나의 호스피스
오, 낙엽 씨

카메라를 버리다

평생 동안 참 많이도 찍었다, 사진을
수만, 수십만 커트
왜 그렇게 찍고 또 찍었을까
사진 개인전도 열었고
사진집도 출판했다

목적 없이 친구 따라간
몽골 초원
백 번째의 해외여행 길에 처음으로
카메라를 챙기지 않았다

렌즈에만 담기는 풍경들
그것은 과욕이었다
기억의 창고에 쌓인 풍경들도 부담스럽다
나는 가지고 있는 것이 너무 많다

버리는 연습
이제 카메라를 버려야겠다
언젠가는 풍경도 버릴 것이다

윤효

윤효 시인은 1956년 충남 논산에서 태어나 1984년 《현대문학》으로 등단하여 『얼음새꽃』『햇살방석』『참말』 등 네 권의 시집을 냈다. "짧은 말, 그러나 시골 간이역 나부끼는 손수건의 이별처럼 아득한 시" "쉬운 말, 그러나 가슴에 남는 시"를 꿈꾸며 시의 진면목과 마주 서고자 애쓰고 있다.

treeycs@yoonhyo.com

자존自尊

　무서리 하늘 높이 기러기 행렬이 지나고 있었습니다.

　때마침 헬기가 굉음을 내며 스쳐갔으나, 그 대오를 전혀 흐트러뜨리지 않았습니다.

우리나라 꽃들은

우리나라 꽃들은 대부분
3·1절과 4·19혁명기념일 사이에 피어난다.

꽃샘 잎샘 까탈이 아무리 거칠어도 그 사이에 꼭 피어난다.

한국정신사

하늘 두 쪽 내며 내리꽂히는

빗줄기에게는

눈 깜짝하지 않더니

하염없이 망설이고

하염없이 머뭇거리는

눈송이들에겐

제 몸 기꺼이 길게 눕혀주는

대숲,

한국정신사 제1장 제1절

영혼의 기둥

침

엽수

바늘잎

큰키나무

적갈색줄기

잎은마주나고

가지도마주나는

낙우송과침엽교목

혼자서도성스런자태

여럿이서면묵상의행렬

바람불면그바람향해서고

비오면그빗줄기오롯이맞는

다만서늘한이마에는아스란꿈

누리의흙빛설움모두머리에이고

하늘에이르고자하는그아스라한꿈

이땅에서그푸른꿈끝내이룰수있을까

아이땅에서그푸른꿈끝내이룰수있을까

메

타

세

쿼

이

아

교황 프란치스코 1세

아르헨티나 베르골리오 추기경이
콘클라베에 참석하기 위해 로마로 떠날 때
몇몇 신부가 돈을 모아
그의 낡은 구두를 새 구두로 바꿔 신겼다.

번듯한 공관을 마다하고
작은 아파트에서 혼자 밥을 짓고 옷을 깁던

이웃들과 가난을 나누던
그였다.

하느님께서 물으실 때마다
가난한 이들을 위한 가난한 교회가 답이라고 응답하던
그였다.

시스티나 성당 굴뚝에
네 차례 검은 연기가 번지고 마침내
흰 연기가 피어올랐다.

전 세계에서 온 115명 추기경들이 뽑은 새 교황의 이름은
베르골리오 추기경.

즉위명으로 프란치스코를 골랐다.
가난한 이를 위한 겸손과 청빈으로 성자가 된
바로 그 아시시의 성 프란치스코.

그날,
교황청 리무진을 물리치고 셔틀버스를 타고 숙소로 돌아와
저녁을 들면서
추기경들에게 건넨 건배사는
이러하였다.

"하느님께서 나를 뽑은 당신들을 용서해 주시기를……"

제266대 교황 프란치스코 1세,
호르헤 마리오 베르골리오 추기경, 76세.

김영태 선생님

부적국민학교 6학년 1반 우리 담임선생님은 풍금을 잘 치지 못하였습니다. 그래서 아이들에게 늘 음악책을 갖고 다니게 하였습니다. 그리고는 국어나 산수 수업을 하다가도 옆 반에서 노랫소리가 들리면 얼른 음악책을 꺼내 놓고 그 옆 반의 노래를 따라 부르게 하였습니다. 그렇지만 나는 6학년 때 그렇게 배운 노래들을 30년이 지난 지금도 가장 잘 부릅니다.

성聖 쓰레기

자기를 버린 사람들에게
자기를 태워
온기로 되돌려 주고는
높다란 굴뚝을 유유히 빠져나와
별일 아니라는 듯이
뒤도 돌아보지 않고
하늘을 향해 뭉게뭉게 날아오르는
하얀 영혼을 본다.

어둠이 내리면
목동 열병합발전소 굴뚝 위로 떠오르는
그 별들을 또한 보게 되리라.

아, 바다

간밤 해일이 다녀갔습니다.

바닷가 즐비한 횟집들의 수족관을 부수고 활어들을 모두 바다로 데려갔습니다.

어느 부음

2009년 3월 8일 오후 3시 10분
서울대공원 동물원의 자이언트 코끼리가 입적했다.
1952년 태국에서 태어나
세 살 때 우리나라 무문관으로 출가한 자이언트는
잿빛 가사 한 벌에 의지해 오직 용맹정진
장좌불와를 넘어 평생을 앉거나 눕지 않았다.
그 서릿발 수행을 통해
좌탈입망의 경지에 이른 자이언트는 비로소
고요히 앉아 열반에 들었다.
향년 58세, 법랍 55년.

파옥초破屋草

여러 아낙이 밭일을 하는데,
걸쩍지근하게 어우러져 호미 장단을 척척 맞춰나가는데,
유독 한 아낙이 깨지락거리기만 했다지요.

주인아낙이 물으니,
잠동무가 시원찮아 도무지 신명이 나질 않는다며
한숨만 연신 내뱉었다지요.

주인아낙이 부추 한 포기를 나눠주며
부엌 뜰에 심고 정성껏 가꿔 밥상에 올리라고 일렀다지요.

아낙은 조석으로 쌀뜨물 받아 치성 드리듯 길러
하루도 빼지 않고 밥상에 올렸다지요.

그 후,

아낙은 마당 가득 부추를 심었다지요.
제집마저 허물어버리고 부추를 심었다지요.

자훈慈訓 12

오늘같이 비 오는 날엔 하늘이 왜 낮아지는 줄 아니?
구름이 산허리에 걸리도록 왜 저렇게 자꾸 낮아지는 줄 아
니?

빗방울들을 생각해봤니?
천 길 낭떠러지 밑으로 뛰어내려야 하는 빗방울들을 생각해
봤니?

한 길이라도 줄여주려는 거지.

애야, 저 빗방울들을 봐라.
하나같이 탱글탱글한 저 빗방울들을 봐라.

어느 날

한동안 잊고 지냈던 그 사내를 오랜만에 만났습니다. 날 저무는 퇴근길 전철 안에서 창밖을 무심히 바라보다가 거기 비친 사내를 만났습니다.

아스라한 눈빛을 건네 오는 품이 하도 아득하여서, 어디서 스친 사람일까 헤아리다가 그만 소스라쳐 놀라고 말았습니다.

알싸한 솔잎 같던 그 푸른 결기는 바랜 지 이미 오래인 듯, 아파트 평수를 화두 삼아 살아온 십 년 세월에 갓 풀 먹인 삼베 홑이불 같던 그 칼칼한 결기는 이제는 다 가신 듯 그저 달리는 전철 따라 하염없이 흔들리고 있었습니다.

주름 간 어깨선을 추스르며 아스라한 눈빛을 건네 오는 품이 하도 아득하여서, 어디서 스친 사람일까 헤아리다가 그만 소스라쳐 놀라고 말았습니다.

봄 편지

물푸레 이파리 한 잎 동봉합니다.

사발에 띄워 머리맡에 두시기 바랍니다.

그대 그리워하는 마음 아직도 그 물빛입니다.

푸르스레 번져가는 그 물빛입니다.

울어라 새여

시든 꽃 곁에서
바람은 왜 서성이는지

지는 꽃 곁에서
바람은 왜 맴을 도는지

이미 다 져버린
그 꽃가지를
바람은 왜 흔들어대는지

바람은 왜
그 마른 꽃가지를
저렇게나 마구 흔들어대는지

……울어라 울어라 새여

못

가슴에 굵은 못을 박고 사는 사람들이 생애가 저물어가도록
그 못을 차마 뽑아버리지 못하는 것은 자기 생의 가장 뜨거운
부분을 거기 걸어놓았기 때문이다.

이경

이경 시인은 1954년 경남 산청에서 태어나 1993년 《시와시학》으로 등단하여 『흰소, 고삐를 놓아라』『푸른 독』『오늘이라는 시간의 꽃 한 송이』 등 네 권의 시집을 냈다. 치열한 고요와 적막을 딛고 서서 생의 원초적 실상을 탐색하는 시의 세계를 펼쳐 가고 있다.

sclk77@hanmail.net

정사情死

암사마귀는 강하다 교미하는 순간
제 사랑을 먹어 버리기 때문이다

그리움의 잔해를 남기지 않으려고
집착의 대상을 살려두지 않으려고
무엇보다
사랑이 빠져나간 그의 등을 용납할 수 없어

절정의 수컷을 정수리부터 먹어치운다
풀숲의 역사만큼이나 질기고 능숙한 혀 속으로
이 목 구 비가 녹아들어
황홀하게 심장을 뜯어먹히는 수사마귀

오, 저처럼 싱싱한 사랑을 생식하는 암컷의 식욕과
심장보다 더 늦게까지 살아남아 생을 무두질하는
수사마귀의 저것!
을 보라

독이 익어가는 가을 꽃밭이다
탄피처럼 몸이 부푼 암사마귀 한 마리
마른 꽃대궁에
청산가리 같은 목숨을 하얗게 쏟아놓고

푸른 독

눈 뜬 감자에는 푸른 독이 있다
이미 하늘을 보아버렸으니
몸에 시퍼런 독이 시작됐으니
아무도 먹을 수 없는 몸 되었으니
거름 받아 잘 썩은 흙을 다오
핏줄 속에 사나운 어둠을 길들여
하얗게 꽃 피울 하늘을 다오
눈을 뚫고 나온 푸르고 둥근 힘이
뿌리의 슬픔에 닿을 수 있다면
뜬 채로 두 눈 묻어도 좋아라
무딘 칼로 눈을 도려내며
내 손에 묻은 감자의 흰 피
흙으로 덮어주어야 꽃이 피겠다

감나무가 섰던 자리

우두커니 말뚝으로 섰다
해마다 살빛 좋은 감을 달더니
길이 닦이면서 옛집은 허물리고
늙은 감나무가 밑동만 남아서
기억을 더듬고 있다
척박한 이 고갯마루의 영화

무슨 밤이 삼단같이 깊었을까
어디로부터 그 많은 갈가마귀 떼는
반딧불 무리는
물총새는 왔다 간 것일까
왔다 간 것일까 누가 죽은 혼으로
참나리꽃 비비추 으아리꽃은 피고 진 것일까

조그만 아이 하나를 만나는 일로
조그만 아이 하나가 그것들을 만나는 일로
은하는 밤마다 노래하고
강물은 서늘하게 뒤척였을까

저녁이면 몇 까대기 불이 켜진다
누가 지금도 아린 발을 누이는지
반듯한 땅뙈기 하나 없는 곳

쑥대밭도 비루먹은 산천에 와서

어머니

어머니 몸에선
언제나 생선비린내가 났다
등록금 봉투에서도 났다
포마드 향내를 풍기는 선생님 책상 위에
어머니의 눅눅한 돈이 든 봉투를 올려놓고
얼굴이 빨개져서 돌아왔다
밤늦게
녹초가 된 어머니 곁에 누우면
살아서 튀어 오르는 싱싱한 갯비린내가
우리 육 남매
홑이불이 되어 덮였다

뜨거운 하늘

뜨거운 하늘을 이고 그녀가 달린다
하늘이 식을까 봐 발바닥에서 불이 난다
봉천동 산1번지 봉천시장 오거리
봉천밥집 아주머니는 밥이 하늘이다
길은 다섯 갈래로 찢기며 뿔뿔이 흩어져
대추나무 가지처럼 꼬불꼬불 숨어들지만
집집마다 하나씩 숨겨진 근심을 찾아들고
결국엔 한자리로 모여드는 오거리
밥그릇 같은 사람의 집들이
찌개 냄비처럼 와글와글 끓고 있다
숟가락 하나에 젓가락이 둘
지금 막 피어오르는 꽃송이 같은 밥상을
머리에 얹기만 하면 달려가는 그녀
어쩌다 그녀보다 하늘이 먼저 달려가거나
고무신이 한 발 뒤처지려 하면
정수리에서 출렁이는 하늘을 쏟을까 봐
목줄기에 굵고 푸른 힘줄이 선다
사월에도 몇 번씩 꽃모가지가 얼어 떨어지고서야
추운 봄이 기어오르는 이 고개
하늘 뜨거운 줄 아는 사람의 마을에

기습

간밤에 도둑이 들었다

칼로 새벽을 찌르고

마음을 몽땅 훔쳐 갔다

잡힐 놈이 아니다

어디 깊은 절간으로 숨어들어

석남꽃이나 피우고 있겠지

가을이다

어느 날 구두가 말했다

삶이란 구두처럼 발이 아픈 거라고
피멍 든 자리 구두살 잡히며
발처럼 낮아지고 평평해지는 거라 했다
어느새 낡고 헐거워져
더 이상 상처를 만들 수 없는 헌 구두
그 뼈아픈 구두가
내 못생긴 발을 꼭 닮아 있음을
알게 되는 것이라 했다
한쪽으로만 무거운 가방을 메는 외곬으로
뒤축이 삐뚜름하게 닳은 구두가
내 발을 제 안에 들이느라
나보다 더 아팠음을 깨닫는 일이라 했다
멀고 험한 길을 함께 걸어와
여기저기서 물이 새는 구두
벌써 버릴 때가 지나버린 그 구두가
너덜너덜 구멍 난 내 살 같아
함부로 버릴 수조차 없게 되는 것이라고

자비

잘 썩어 부드러운 흙에 골을 내어
눈이 빨간 무씨를 놓고
재를 지내는 마음으로 흙을 덮는다
까치가 쏘물다고 잔소리를 한다
우리가 가고 나면 내려와 솎아 먹을 것이다
씨를 묻고 내려온 날 밤
마침맞게 천둥 치고 봄비 내린다
이건 썩 잘 된 일이다
봄비가 씨앗 든 밭을 측은측은 적시는 일만큼
크고 넉넉한 자비를 본 적이 없다
모종을 얻은 밭의 기쁨이나
밭을 얻은 모종의 기쁨이 막상막하라
심어놓고 바라보는 사람의 마음은
저만치 물러서야 한다

그늘의 축복

웃는 얼굴엔들 어찌 그늘이 없으랴
지구도 반쪽의 그늘을 지니고 산다
그늘 속 사과나무에 꽃을 피우기 위해
밤사이 먼 길을 돌아서 온다
세상모르고 숨을 잣는 어린것들과
근심으로 무거워진 몸들을 싣고
얼마나 빨리 그러나 천천히 자세를 바꾸었는지
비로소 해가 뜬다
그늘을 벌떡 일으켜 세우며 해가 뜬다
태양도 제가 만든 그늘을 딛고 길을 나서고
어제는 그늘을 통과하여 오늘을 낳았다
밤이라는 그늘의 커다란 날개 속에서
아이들은 쉬지 않고 태어나고
쭈글쭈글 근육을 지탱하기 어렵던 웃음도
얼굴의 그늘 속으로 들어가 편안해진다
그늘이여
나는 그대 정신의 서늘함에 기대어
벽이 없는 무허가 집을 짓는다

멸종하는 새들의 초상화

도도의 눈은 밤하늘같이 큰 구멍이다
아름다운 털 빛깔로 서둘러 사냥감이 된 모리셔스청비둘기나
큰 날개를 가지고 너무 낮은 땅에 내려앉아
다시는 날아오르지 못해 엉거주춤 서 있는 안경가마우지같은
환경에 저를 맞출 수 없었거나 저한테 맞는 환경을 찾아가지 못한 새들
이 날것들은 최후의 순간까지 공포를 몰랐으며
하나같이 저보다 진화된 동물에 의해서가 아니라
쥐나 바퀴벌레 같은 생물에 의해 멸종되었다는 기록이다
기록되지 않은 채 멸종되는 새들도 있다
누가 발견하기도 전에 망각 속으로 묻혀버리는 새들의 죽음은
얼마나 깊은 침묵에 묻힌 아름다움인가
더 먼 여행을 위해 간수해야 하는 최소한의 양식
눈을 잠깐씩 감았다 뜨면 그사이에 별들의 수는 두서너 개씩 줄어드는 것이다
우리가 잠들기 전에 저들이 스르르 잠드는 모습을 보는 건
조금씩 더 쓸쓸해지는 일이다

제품사용설명서

이 물건은 꽤 오래전부터 여기 있었다
오작동이 잦아지면서 뒤늦게
제품사용설명서를 생각한다
수명의 절반 이상을 써버리도록
아직 한 번도 제대로 작동한 것 같지 않은 이것
어디에도 딱 들어맞아 본 적 없는 어설프기 짝이 없는
정확히 어떤 기능을 가졌으며
무슨 용도에 쓰라고 만들었는지 몰라
급한 대로 켜고 끄며 부려먹고 있었으니
자꾸 헛바퀴만 돌려 댔으니
이러다가 이것이
무엇인지도 모르고 내다버리게 될지 몰라서
이제야 나는 조급해지는 것이다
가슴 어느 깊은 서랍 속에 들었는지
찾을 수 없는 제품사용설명서
쓰임새가 확실치 않은 미확인 폭발물 같은
아직 아무것도 밝혀지지 않은
이것에 대하여

세 든 봄

세 들어 사는 집에 배꽃이 핀다
빈손으로 이사와 걸식으로 사는 몸이
꽃만도 눈이 부신데 열매 더욱 무거워라
차오르는 단맛을 누구와 나눠볼까
주인은 어디에서 소식이 끊긴 채
해마다 꽃무더기만 실어 보내오는가

늪을 건드리다

돌 하나를 던져 보는 것인데
얼마나 깊은 수렁인지 도무지 그 속을 알 수 없어
바깥세상에서 제일 흔한 질문 하나를 조심조심
던져 넣어 보는 것인데

꽃 한 송이를 열어 보이는 것이네
헤엄칠 수도 없이 질퍽질퍽한 허공 속으로
안의 세계에서 제일 귀한 말씀 하나라는 듯 가만가만
펼쳐 보이는 것이네

오늘이라는 시간의 꽃 한 송이

비밀

소가 똥을 누고 간 자리에
쑥부쟁이 꽃이 피었습니다
웃음이 소똥처럼 향기롭습니다
하늘을 보고 소가 웃습니다

겨울 지리산

사람도 짐승도 먹을 것 없는 밤이 길었다
풀 먹은 닥종이 한 겹을 사이에 두고
새끼 가진 승냥이가 문밖에 와서 울었다
포식자들이 득실거리는 야생의 밤
우리에겐 호롱불 하나와 어머니가 있었다

임연태

임연태 시인은 1964년 경북 영주에서 태어나 2004년 《유심》으로 등단하여
시집 『청동물고기』를 냈다. 불교계 중견 기자로서 쌓은 숱한 현장 취재 이
력이 역맛살로 굳어져 『부도밭 기행』 『절집 기행』 『히말라야 행선 트레킹』
등의 기행집과 『철조망에 걸린 희망』이라는 난민촌 르뽀집을 내기도 했다.

mian1@hanmail.net

자벌레

포탈라 궁을 향해 오체투지하며
길에서 한 생을 마친 사람
오늘은, 연둣빛 법의法衣 입고
봉선사 설법전 난간에서
그때 못다 한 절인 듯
저토록 지극하게
생멸生滅의 간격을 재고 있다.

일주문

기둥만 서 있는 문

없음이 곧 경계라서
안과 밖이 따로 보이지 않는 문

수없이 많은 문을 열고 닫으며 살지만
내게 있어 오히려
내가 열지 못하는 문

내 마음속 일주문 밖에서
나는 오늘도 하염없이
떠돌이였네.

선암사 뒤깐

누구에게나 한 칸이다.

엉덩이를 까고 앉은
한 칸의 고요가
세상보다 넓다.

거기 앉으면
비워내는 시간의 적요가
채우느라 안간힘 쓰던 시간을
발효시킨다.

겸허한 자세로 앉아
응축된 번민 덩어리가 척, 척
낙하하는 소리를 듣다 보면
한 칸도 못 되는 내 생애가
말갛게 보인다.

누구에게나 한 냄새다.

어디로 갈까

사랑하다 못다 한 사랑
남겨 놓고 죽으면
그 사랑은
어디로 갈까

간절하여 눈감은
꽃으로 피어날까

뜨거운 입술로 노을 타는
섬으로 떠 있을까

사랑하다 못다 한 사랑
남겨 놓고 죽으면
그 사랑은
어디로 갈까

가시연꽃

너를 그리워하는 순간
너는 내게로 오지만
너를 만나는 순간부터
그리움은 더 깊어진다

오글오글 뭉쳐진 아픔을
끌어당겨 둥글게,
둥글게 펼쳐놓는
주름진 업보

차마 말하지 못하고 돌아나
물속으로 숨겨지는
무수한 낱말들

해가 져도 오므라들지 않는
따끔따끔한 그리움

찜질방

곰과 호랑이가
쑥과 마늘을 먹으며
사람 되기를 염원하던
굴속이다

곰처럼 웅크린 사람
호랑이처럼
활개를 펴고 누운 사람

아직 강림하지 않은
메시아를 기다리는 자세

왠지 낯설지 않은 풍경

한낮

정지용 생가 볏짚 지붕 속

아직 눈도 뜨지 못한 발가숭이 참새새끼들

찌익 찌익 찌익 찍–

어느 생生에 배워 왔는지

'향수'보다 아득한 윤회를 노래하는

한낮

두물머리에서

홀로 흐를 때는 몰랐지만
여기서 그대를 만나 함께
흐르는 순간부터 사무쳐 오는 그리움

지나온 시간 나를 흐르게 한 이유가
여기서 그대를 만나기 위함이었음을
알게 된 순간부터 사무쳐 오는 그리움

여기 두물머리에서부터,
내가 그대로 흐르고
그대가 나로 흘러
비로소 완성되는 그리움

참깨 털던 노파는 무덤으로 앉아

지난여름 강원도 어느 마을 앞 국도를 달리다가
비스듬히 햇살 내리쬐는 비탈밭 한가운데
탁, 탁, 탁 마른 손으로 깻단을 치면
머리카락이 풀어지듯 쏟아지던 하얀 참깨 알들
잠시 차를 멈추고 바라보던 그 풍경
두고두고 고소했지요.

깊어가는 가을날
다시 그 마을 앞에서 차를 멈추고
비탈밭을 바라보는 순간,

아— 하고 놀랍니다.

깻단이 삭아 가는 밭이랑 끝
엉성하게 문 닫힌 집 곁에
노파는 야트막한 무덤으로 앉아
나를 내려다보고 있습니다.

노파는 여름 내내 참깨를 다 털고
새집 지어 이사를 갔으되 멀리는 가지 못하고
살던 집, 참깨밭 곁에 잠시 쉬듯 앉았다가
새봄이면 다시 참깨 씨를 뿌리려나 봅니다.

〉
내년 여름, 노파는
새하얀 머리 빗질하고 나와
탁, 탁, 탁 저승의 손으로
이승의 참깨를 털고 있겠지요?

입, 똥, 입동立冬

겨울이 벌떡
일어선다.

울긋불긋 허리춤을 풀어 놓은 산마다
아직 가을 색 찬연한데
겨울이 벌떡
일어선다.

입, 똥, 입, 똥,

입으로 들어간 것은 매양
똥으로 나오기 마련

들어갈 때 더 없이 귀貴하던 것이
더없이 천賤한 신세로 나오는 동안
화려하던 단풍 산
바싹 말라 육탈肉脫하는 동안

나는 한 덩어리
똥으로 마르고 있다.

그늘 깊은 공양

느티나무 그늘 깊어 하루 종일
햇살 한 뼘 들지 않는 서낭당

빛바랜 시간 너머 어느 아낙이
흘리고 간 옷고름인 줄 알았는데
먼 광채를 배경 삼아 돌무더기를
감싸고 있는 저것!

전생의 업보를 벗어
할미에게 공양 올리고
내생으로 향하는 구멍을 찾아갔을
그 몸뚱이를 생각하다가

이 여름이 다 가기 전
나도 살아온 날들의 허물을 벗어
저 그늘 깊은 서낭당 돌무더기에
널어 두면 그 죗값이
얇게 투명하게 말라갈 수 있을까?

내생은 고사하고
금생에 남은 날들이나마
누군가에게 기꺼운 공양이 될 수 있을까?

목격자

이와 같이 나는 보았다.

북벽의 새벽, 안개가, 물 위에서, 엄청난 무리들을 거느리고, 꼼짝 않고, 정말 꼼짝달싹도 않고, 강물을 누르고 있었다. 강물은 무수한 갈래로 속살을 뒤집고, 영춘강 모래보다 많은 심장을 뒤집고, 또 영춘강 모래만큼 많은 수의 영춘강 허파까지 뒤집어서, 더 이상 뒤집을 속이 없다는 듯, 멈춰 서서, 흐르지 않고 멈춰 서서, 안개를 뜯어먹고, 안개에게 뜯어먹히고, 먹어도 먹는 것 같지 않고, 먹혀도 먹히는 것 같지 않게, 그렇게 안개와 강물은, 안개와 강물이 아니었을 때로 돌아가고 있었다.

시나브로, 고타마 붓다와 그의 제자들이, 발우를 들고, 줄지어 줄지어, 밥 빌러 올 때가 다가오는데, 누구도 아궁이에 불을 지피지 않았다. 강물이 흐르지 않는 날은 밥을 지을 수 없는 걸까?

나팔꽃도 기상을 포기하고 나팔을 내려놓아 버린
그 새벽부터 아침까지의 목격자,
나는 더 이상 할 말이 없다.

보아도 본 것이 없으므로.

184

꽃샘추위

누군가를 시샘한다는 것,

오래 하면 되레
남세스런 일이어서
이렇게 한 사나흘
볼이 얼얼하도록
칼바람을 부추기는 건가

그 짧은 항명抗命 뒤에
시치미 떼고 방글거릴
개나리 진달래는 어쩌려고……

꼬랑내

지방행사 갔다가
선배 시인에게 받은 시집
술이 덜 깬 다음날 아침
옷가방 안에 밀어 넣었다.

아내는 온갖 것이 뒤섞인
내 작은 가방을 뒤집어 쏟으며
시집에서 꼬랑내가 날 지경이라고
코를 싸잡았다.

설마 그럴까.

며칠 뒤 그 시집을 펼쳐 읽는데
솔솔 풍겨 나오는 꼬랑내

시인으로 산다는 게
녹록잖은 일이어서

성자처럼 순례자처럼
높고 낮은 길을 가리지 않고
발품을 팔고 다닌 끝에서 얻었을 시편들

책장을 넘길 때마다
솔솔 풍겨 다가오는
시인의 꼬랑내

혀

구마라집이 죽음을 앞두고 제자들에게
"내가 평생 번역한 것에 한 치의 오류도 없다면
내 혀는 타지 않을 것이다"라고 했는데
과연 다비茶毘하여 육신은 다 탔지만
혀는 타지 않았다.
탑을 세워 혀를 봉안하였는데
백련 한 송이 그윽하게 피어 살펴보니
그 줄기가 탑 속 혀로부터 시작되었더란다.

오후 2시의 지하철이 한강을 건너는 동안
혀 짧고 더듬는 말소리로
5천 원짜리 손전등을 팔던 남자가
다음 칸으로 건너가고 난 뒤
그가 남겨 놓고 간 5천 원어치의
혀 짧고 더듬는 말소리들이
구마라집의 책장 넘기는 소리로
귓전을 맴돈다.

번역되지 않은 생짜배기 원어에 매달려
덜컹거리는 한 생애는
다음 정거장쯤에서 잊히겠지만
부드러운 만큼 단단해질 수밖에 없는 것이

목숨 줄기라서 온종일
5천 번쯤 손전등을 켜고 끄는 동안
한 번은 불이 들어와
피로에 전 그 얼굴이 환해질 것이다.

번역되지 않은 말이
더 숭고하게 빛을 내는 순간일 것이다.

* 구마라집鳩摩羅什: 4세기 인도 구자국 출신의 역경가 사상가로 불경
  佛經의 한역에 지대한 공을 세웠다.

홍사성

홍사성 시인은 1951년 강원도 강릉에서 태어나 2007년 《시와시학》을 통해 등단하여 시집 『내년에 사는 法』을 냈다. 바짝 마를수록 맑은 울음을 우는 목어의 시정신과 따뜻한 언어로 삶의 애환을 그려가고 있다.

sshong4@hanmail.net

화신花信

무금선원 뜰 앞 늙은 느티나무가
올해도 새순 피워 편지를 보내왔다
내용인즉 별것은 없고
세월 밖에서는
태어나 늙고 병들어 죽는 것이
말만 다를 뿐 같은 것이라는 말씀
그러니 가슴에 맺힌
결석結石 같은 것은 다 버리고
꽃도 보고 바람 소리도 들으며
쉬엄쉬엄 쉬면서 살아가란다

내년에 사는 법

불황으로 회사에서 목이 잘린 사내가 방구석에 처박혀 이리 뒹굴 저리 뒹굴 하다가 그것도 지겨워지자 책꽂이에서 『벽암록』이라는 어려운 책을 꺼내 보았더니 거기에 이런 얘기가 있었다나

옛날 마조선사라는 분이 나이 들어 골골하는 신세가 됐는데 그 절 원주가 찾아와 "요즘 법체 청안하신지요"라고 문안하자 선사는 웃으면서 "일면불日面佛 월면불月面佛이야"라고 대답했다나

무슨 귀신 씻나락 까먹는 소리인지 알 수가 없어 늙은 호박처럼 쭈그러진 암자 노스님에게 물어봤더니 스님은 무심한 듯 눈을 감고 "오늘 죽어도 좋고, 내일까지 살면 더 좋고"라고 말해주었다나

그는 섣달 그믐밤 문밖으로 나서다가 찬바람 불어 호롱불마저 꺼버린 듯 되레 답답한 생각이 들어 하늘을 쳐다보았는데 그때 마침 비로드보다 검은 밤하늘에서 별들이 총총 새로 돋아나고 있었다나

목어木魚

속창 다 빼고
빈 몸 허공에 내걸었다

원망 따위는 없다
지독한 목마름은 먼 나라 얘기

먼지 뒤집어써도 그만
바람에 흔들려도 알 바 아니다

바짝 마르면 마를수록
맑은 울음 울 뿐

처서處暑

기승을 부리던 노염老炎도
한풀 꺾였다

여름내 날뛰던 모기는
턱이 빠졌다

흰 구름 끊어진 곳마다
높아진 푸른 산

먼 길 나그네
또 한 굽이 넘어간다

몸을 철학해 보니

몸이 전부다

몸이 있어서 숨 쉬고 몸이 있어서 생각하고 몸이 있어서 사랑하는 거다 그래서 몸에 충성하는 거다 몸을 우습게 보지 마라 몸한테 잘 보이려고 옷 입고 몸이 배고프지 말라고 밥 먹고 몸을 쉬게 하려고 집 짓지는 거다 그래서 악착같이 돈 벌려고 하는 거다

몸이 있으니 살아 있는 거다, 몸이 전부다

금강경을 반역反譯하다*

세상천지 어떤 것도
변하지 않는 건 없다지만

꿈같고 허깨비 같고 물거품 같고
그림자 같다지만

풀잎에 맺힌 이슬
또는 번갯불 같은 것이라지만

마땅히 이렇게 볼 줄 알아야
슬프지 않다지만

* 金剛經 四句偈：
　一切有爲法
　如夢幻泡影
　如露亦如電
　應作如是觀

형수의 밥상

빈소 향냄새에 그 냄새 묻어 있었다

첫 휴가 나왔을 때 감자 한 말 이고 뙤약볕 황톳길 걸어 장에 갔다 와 차려낸 고등어 졸임 시오리 길 다녀오느라 겨드랑이에 흘린 땀 냄새 밴 듯 콤콤했다 엄마 젖 그리워 패악치며 울 적마다 옷섶 열어 땀내 묻은 빈 젖 물려주던 맛과 같은 맛이었다 그 일 둘만 안다는 듯 영정 속 그녀는 오랜만에 찾아온 시동생 일부러 무표정하게 맞았다 어머니뻘 형수가 차린 오늘 저녁 밥상 고등어 졸임 대신 국밥이다

한 수저 뜨는데 뚝, 눈물 한 방울 떨어졌다

방房

공술 한잔 얻어먹고 들어온 날이던가 그녀는 됫박만 한 방
에 토끼처럼 누워 자는 척하며 쳐다보지도 않았다 무슨 일이
냐며 옆구리 툭 건 건드렸더니 전세 올리겠다는 통보를 받았
는데 산수가 안 나온다고 마른 목소리로 말을 더듬었다 얼마
냐고 묻자 적금을 깨도 백만 원 만들기 어렵다고 했다 내 월급
이 십팔만 원쯤 하던 때였다

새집 마련하고 이사한 날 밤 아이들은 즈들 방 생겼다며 좋
아하다 잠들고 그녀는 더 치울 것도 없는 방바닥만 자꾸 닦았
다 정리는 내일 하자며 방 한가운데 이불을 폈더니 꼭 운동장
에 누운 것처럼 허전하다며 쉬 잠들지 못했다 이부자리를 벽
쪽에 붙여주자 그제야 편한 숨소리가 들렸다 칠 년 만에 다리
뻗고 누운 잠자리였다

쉘 위 댄스

댄스교습소 찾아갔더니
한 달에 사십오만 원이라 했다

어떤지 구경이나 해보려 한다 눙쳤더니
머리 짧은 여선생이 하는 말씀

"춤 배울 나이 되신 것 같은데
일단 시작해보세요"

노래방 콜라텍 카바레 전단지들
비 젖은 플라타너스 잎처럼 나뒹구는
가을날 오후

쓸쓸하긴 쓸쓸한 것이었다

혜초의 길

사막, 그 너머
당신에게 가는 길 너무 멀다

모래 폭풍
갈색 전갈
불화로 같은 땡볕
바람의 언덕
까마득한 솔개 그림자
백골 화분에 돋아난 풀씨 하나

그 목마름 견뎌야 이를
아물아물 오천축국
하얀 목숨 짊어지고
걷고 또 걷는

사막의 길, 촉루髑髏의 길

합장

순정한 이 마음
두 손으로 감싸 모읍니다

두 손 모아서
연꽃 한 송이 피웁니다

막 피어난 청신한 꽃
당신께 바칩니다

당신은 하늘 아래 땅 위에
가장 소중한 분

무릎 꿇고 올리는 이 꽃
받아주소서

연꽃 같은 내 마음
받아주소서

첫사랑과 순댓국과 뭉게구름

어쩌다 한번 보고 싶더라도
첫사랑 애인은 만나지 말자
어느덧 절정의 때는 지나 열정도 시들어
희로애락에 흔들리지 않을 나이라지만
문득 첫사랑 애인을 만나면
누군들 지나간 날의 쓸쓸함에 대해 절망하지 않으랴
날마다 새롭게 나팔꽃처럼 벙글던 그녀가
순댓국집 아줌마가 되어 있다면
혹은 어느 잘나가는 사내의 아내로 살아갈지라도
이제 만나본들 얼마나 서글퍼질 것인가
무슨 말을 할 것이며
또 어떤 약속을 할 수 있을 것인가
그러니 조금은 그립고 아직 못다 한 말 있더라도
첫사랑 애인은 만나지 말자
잊지는 차마 못하겠거든
뭉게구름인 양 먼 산에 걸어놓고
그냥, 웃고 살자

해수관음에게

당신 보면 하고 싶은 말 오직 한마디

오래도록 안고 싶다
찬 돌에 온기 돌 때까지

염화미소를 읽다

서울 삼각산 삼천사 마애불님
태어나 코가 뭉개지도록 수행만 했을 터인데
아직 닦아야 할 무엇이 더 있다는 것인지
오늘도 무량무궁한 명상에 잠겨 계시다
궁금한 산새 한 마리 이저리 포르륵 날고
매미 몇 귀청 찢어지게 훼방 놓아도
할 말 다하고 들을 말 다 들었다는 듯
종일 눈감고 귀 닫아걸고 묵언정진이시다
그 견고한 묵묵부답에 속 터져 돌아서려는데
뉘엿뉘엿 석양에 술 취한 듯 온몸 불콰해진 마애불님
그제야 슬쩍, 꽃을 들고 웃던 석가모니처럼
얼굴 가득 그 심심하고 미묘한 미소 보여주신다
속세에서 맨날 속 끓이며 닦은 도가
산중에서 천 년 혼자 닦은 도보다 못할 것 없는데
무슨 한마디 더 들으려 애쓰느냐며
돌아가서 닦던 도나 마저 닦으라는 표정이시다
술지게미나 얻어먹는 것들 속사정 짐작하시는 것 같아
나도 그만 은근슬쩍 웃음 물고 돌아서기로 했다

부목살이

퇴직하면 산속 작은 암자에서 군불이나 지피는 부목살이가
꿈이었다 마당에 풀 뽑고 법당 거미줄도 걷어내며 구름처럼
한가하게 살 수 있다면 더 바랄 게 없었다

요즘 나는 신사동 어디쯤에서 돼지꼬리에 매달린 파리 쫓는
일 하며 산다 청소하고 손님 오면 차도 끓여내는데 한 노골이
보더니 굽실거리는 눈매가 제법이라 했다

떫은맛 조금 가시기는 했으나 아직 덜 삭았다는 뜻인 듯해
허리 더 구부리기로 했다 지나온 길 들개처럼 자꾸 뒤돌아보
면 작은 공덕이나마 허사가 될 것 같아서다

열 가지 색깔의 시

초판1쇄 인쇄 2016년 2월 20일
초판1쇄 발행 2016년 2월 26일
지은이 : 둥둥시사
펴낸이 : 김향숙
펴낸곳 : 인북스
주소 : 경기 고양시 일산서구 성저로 121, 1102-102
전화 : 031) 924 7402
팩스 : 031) 924 7408
이메일 editorman@hanmail.net

ISBN 978-89-89449-52-2 03810

값 10,000원

*이 도서의 국립중앙도서관 출판예정도서목록(CIP)은 서지정보유통지원시스템 홈페이지
(http://seoji.nl.go.kr)와 국가자료공동목록시스템(http://www.nl.go.kr/kolisnet)
에서 이용하실 수 있습니다.(CIP제어번호: CIP2016004284)